著

远山与近土

文汇出版社

图书在版编目（CIP）数据

远山与近土／柏峰著. —上海：文汇出版社，
2019.6
　ISBN 978 - 7 - 5496 - 2880 - 3

　Ⅰ.①远…　Ⅱ.①柏…　Ⅲ.①散文集—中国—当代
Ⅳ.①I267

中国版本图书馆 CIP 数据核字（2019）第 100409 号

远山与近土

责任编辑／鲍广丽
封面装帧／王　峥

出 版 人／周伯军

出版发行／文汇出版社
　　　　　上海市威海路 755 号
　　　　　（邮政编码 200041）
经　　销／全国新华书店
排　　版／南京展望文化发展有限公司
印刷装订／上海新文印刷厂
版　　次／2019 年 6 月第 1 版
印　　次／2019 年 6 月第 1 次印刷
开　　本／710×960　1/16
字　　数／164 千字
印　　张／14.75

ISBN 978 - 7 - 5496 - 2880 - 3
定　　价／58.00 元

序

　　写完书稿，照例应该有序。序，通"绪"，按照字典的解释"丝之端"也。也就是说，结成优美而漂亮的"茧壳"，总有开端的地方，这开端就是写这部书稿的"初心"——在这里提前说明由作者的精神劳动而结成的"茧壳"是对读者提供一个阅读的"图示"——我写这部书稿的"初心"，就是向亲爱的读者奉献上在密密的书林里开辟出来的属于自己的"园地"。写作文字，要有"诚"的态度，没有这"诚"就很难引发人的共鸣——从这个角度来看，古人一直重视"诚"是非常正确的。"诚"乃是儒家的基本信念。儒家学说的一切建立在其基本信念的基础上。收录在这里的文字就是我对世界的"诚"的坦白……

目 录

阅读马克思

　　阅读马克思，阅读什么呢？从马克思的伟大著作《共产党宣言》问世，已经 170 余年了。这期间，就马克思来说，其著作足可以汗牛充栋，遑论关于他及他的著作的研究了。我的根本想法是：要阅读，就读马克思的著作。

　　要阅读，首先要解决的是阅读的对象，即就是要寻找马克思的著作。原先，曾经收藏有四卷本的《马克思恩格斯选集》，几经搬家以及书房整理，书籍大都散乱在各处，不好寻找，犹如散失的亲人一般，明明知道就在同一个世界上，可就是找不着，真急人！好在只要有心，总是有办法的。在一个明媚的春天的早晨，那时的心情似乎特别愉悦，竟然在书架上找见了。说到这，回头来说说书房的情形：这是一间全家最大的房间，南向，四周的墙壁全部是书架，插满了各式各样的书籍，几乎没有任何空间了。要寻找一本需要的书籍，经常在室内梯子上爬上爬下的，劳累自不必说，有时候，明明知道在某个地方，可是，往往和你开玩笑，偏偏找不见，蓦然回首，说不定就在距离书桌不远的地方。

这次，仍然是这样，却在无意中找到了。这部书，早在三十余年前就已经读过，而且还详细地做过"眉批"——所谓"眉批"也就是在书籍的天地和留空的地方，写下注释的词语或者一两句阅读的感想。不想，因为这"眉批"竟然给还在读中学的我带来一生中不能忘怀的事件：在一次交谈中，不经意说正在阅读这部四卷本，有的章节还写有"眉批"。说者无意，听者有心。这句话很快就被汇报上去，说我不知几斤几两还"眉批"马克思，甚至说我"修正"马克思——须知，当年的"修正"可不是一个褒义词，是可以带来厄运的。再说，我又不是伯恩斯坦、考茨基，也不是普列汉诺夫、托洛茨基，没有他们的水平和学识，也没有他们的能耐，不过一个中学生而已，就是阅读马克思的著作也十分吃劲、半懂不懂的，怎么"修正"马克思，也根本"修正"不了马克思。好在学校配合其时的社会现实运动，开设有"理论"课程，跟着老师学了点西方古典哲学和马克思主义哲学、政治经济学，多少还有点阅读的基础，否则，根本也就阅读不了一点马克思。马克思也不是随意就能够阅读的，缺少最基本的历史和文化知识，岂能顺利地进行阅读？就是凭借了这点基础知识，才进入马克思阅读。这不，为了这句"眉批"，确确实实让一帮人很老实地帮助了我一次，几经检讨才罢休。我不知道，"眉批"这本来很简单的读书方法，也是很实用的读书方法，为什么在一些人的眼里却变成了"修正"。这难道是修正吗？那是一个不讲求知识的年代，现在回想起来，也还挺有意思。呵呵，真的，挺有意思。不管怎么样，书还是要阅读的。

又一次阅读了这部书，心想，趁着余勇，何不继续阅读更多甚至读完目前所能找到的马克思著作呢？于是，决定阅读《马克思恩格斯全集》。主意已定，便想办法寻找这套55卷本的宏伟著作。真的，没有其他阅读者的幸运。据说，某位学者在一家古旧书店，用很少的人民币就购买到了完全崭新的这套书，真是有缘呵！我呢？地处渭河岸边的新兴发展起来的城市，书业还不是十分发达，要读书，基本上是靠自己购买。好在现在网购和交通十分便利，只要需要，很快便能到手。新出版的确实很漂亮也很便于收藏，可是，价格过于昂贵，购买不易。但是，既然起心了，就要想办法找到这套书。

办法只有一个，那就是：借阅。原来曾经就读过的学校是一所渭北区域比较早的私立学校改制而来的中学，图书馆建设还好，记得馆藏有这套书，于是，通过熟悉的朋友，前去查询。还好，有，不过不是很全了，剩余有30多本还卷数不齐，借来，先这样进行阅读。慢慢再想办法寻找其余的卷数。功夫不负有心人。终于有神通广大的朋友，遂了我的心愿，又借来剩余和补缺的卷数，也许冥冥中有阅读马克思之缘，居然这样奇妙地解决了阅读马克思的大问题——经过将近两年的时间，逐卷阅读完了这55卷。当我放下手中的铅笔，轻轻吐出一口气的时候，心里很快闪过一个念头：到底读完了！是啊，读完了这套巨幅著作，没有吃苦的态度与顽强的精神，是不会这样阅读下来并坚持到最后一个句点的。在这方面，还是有一点自信的。经学大师黄侃先生读书就有有始有终的习惯，一路圈点并"眉批"（这是真正的学术批注）。而今他阅读过的材料，已经成为人们研究学问的极好的书籍，一再依照原样出版，还时常购求不得呢。

要说的是，这套马克思著作，编印精良自不必说，还编辑了一本索引，这是阅读本套书功德无量的好事情。按图索骥，寻找到前后阅读的线索，也提供了阅读的顺序。每一日阅读完毕，只在此卷相关部分做个记号则可，不必依据习惯在书本上折页或者夹进顺手得来的东西当作阅读进行中的记号，省掉很多重复翻检的麻烦，也能知悉前后的照应。因此来看，古人读书非常重视书目学的道理就在这里。张之洞先生曾经编写过一部《书目问答》，这是走进我国古典经学的很好的入门引导之书，有许多的古典文化研究者就是靠了这部书而取得了夺目的学术成就。

老实说，尽管阅读了这套全集，也不敢说就真正读明白了马克思，没有，真的没有读明白。最困难的是马克思、恩格斯的书里牵涉大量的当时许多社会材料和与他们同时代学者的著作，要彻底读明白，就要旁及这些东西。这些一部分还可以找到一点现成的参考，绝大部分则是无法在目前的图书情况下完成齐备任务的。况且，由于不能阅读外文而时常陷入阅读的困惑之中，比如，为了弄明白书中的一个词语的原本含义和语境含义，就得大费思量，这就制约了阅读的速度与质量。话说回来，毫不后悔这样的阅读，也许，这就是我人生最长久的一次阅读单一主题的著作，也是一次最持久的阅读高峰体验。别的不提，就说马克思与恩格斯的文风和笔触吧，其严谨的理性思维和张扬着轻灵的诗情画意的艺术张力，就让人赞叹不已；文章内在蕴含着的思想美和意境美达到了极高的境界，往往令人流连忘返，欲罢不能。阅读完恩格斯的《在马克思墓前的讲话》这篇优美的文章，且不说行云流水般的行文，也不说明晰而简练的语言结构，就是蕴含在这短短的文字里的深厚的知音般的情谊就让人情动于中，况且，沉雄的思想储量和开阔的理论视野以及清新的叙述，都是令人入迷的好去处。且不论其他，仅就用文字织造的文学力量足以冠绝天下。

阅读马克思，并不是要有雄心壮志做个马克思主义的专业研究者。要是为了这个，就凭阅读这 55 卷全集还是远远不够的，还得继续阅读和研究与马克思相关的历史境况和马克思主义形成的各种因素，没有长时间的思想和哲学以及政治经济学知识的积累是难以望其项背的，何况还要在继承中创新更是很见水平的事情。我，只是想阅读，阅读能使我开阔思维视野，满足于心灵的需要而已。

不过，阅读了便也就知足了。

花楸树

　　读过俄罗斯女诗人茨维塔耶娃的诗歌后，才知道世界上还有这样一种美丽的植物——花楸树。那还是前几年的时候，在《小于一》这部书里看到布罗茨基专门评述茨维塔耶娃的诗歌，故而寻找她的诗歌集进行阅读。茨维塔耶娃的诗集《花楸树与接骨木》，很遗憾，至今还没有找到，阅读的是我国这些年翻译出版的书籍——也就是说，国内目前已有的关于茨维塔耶娃的诗集大致已经读过了。

　　花楸树，在我的想象里，是一种高大挺拔的树木，开着非常漂亮的金黄色的花朵。为什么是金黄色的花朵呢？不知道，只是我觉得应该是金黄色的，而且非常艳丽，赫赫地挂满了整个枝头，就像一团团燃烧的火焰……我还想，诗人茨维塔耶娃很敏感，这金黄色的花楸树花朵才能引发她写诗的激情，才能写出那么优秀而深情的诗歌。茨维塔耶娃就是一棵挺拔高大亭亭玉立的花楸树，开满了金黄色的花朵。

　　茨维塔耶娃是俄罗斯的著名诗人，成名很早，18 岁的她，就出版了《黄昏纪念册》诗集，立刻受到文坛的关注。文学前辈勃留索夫从中看到了象征主义的遗风，古米廖夫则认为诗歌中所流露出的艺术倾向深切地关注着日常生活，在遥远而辽阔、横跨欧洲与亚洲的冻土地上空，闪现出一颗耀眼的诗歌星辰，这就是这位饱含青春之气的少女诗人。很庆幸，茨维塔耶娃走上诗坛的第一步，受到这么肯定而且评价甚高，如同我想象中的花楸树一样，在夏日的清晨，一瞬间开满了金黄色的花朵。

树木一旦开花，就不可遏制地继续开花，也许，遇到合适的气候，还可以一年内两次甚至三次开花呢。据说，丁香花就一年两次开花，不过，我只是在春天的时候看见过丁香花开花，开满了枝头，简直是怒放，那白里透紫的散塔形的花朵别提有多漂亮了。关键是那香，香得浓烈，香得逸远，香得人都要醉了。这时候的阿赫玛托娃正如一轮皎皎的明月，悬挂在诗歌王国的顶头。茨维塔耶娃太崇拜阿赫玛托娃了，认为她是"缪斯中最美丽的缪斯"。其实，这是"萨福"向另一位"萨福"的致意，她俩都是诗歌王国里最为美丽的"花楸树"——对，是花楸树，我心目中的花楸树，挂满了金黄色花朵的花楸树。

诗人的命运注定是要经受磨难的，没有磨难就不会有更加深沉更加能表达人类深层情绪的动人的旋律出现。和阿赫玛托娃一样，茨维塔耶娃的人生也充满了各种不幸与磨难。她的人生真是曲折而多难。

20世纪20年代，是俄罗斯历史上最为动荡的时期之一。她的丈夫艾伏隆应征入伍以后，茨维塔耶娃陷入无尽的贫穷与无助之中。两个漂亮的小姑娘，被送进了育婴院。不久，小女儿伊丽娜饿死在育婴院。大女儿阿利娅由于患病被退了回来——这段日子，是茨维塔耶娃一生中最为黑暗的日子。尽管这样，缪斯继续停落在她的肩头，她把对丈夫和女儿的思念以及对生活的艰辛的煎熬，化作缕缕不绝的诗情，写出了许许多多的诗歌，借以排遣孤独与贫困。1921年，她出版了诗集《里程标》。这时期的茨维塔耶娃早已经没有了少女时代的浪漫与对未来生活的热情和向往，更多地掺和进了生活的苦涩，流露出对前途的无限忧虑以及灵魂深处的挣扎、渴望、困惑与矛盾。

次年，艾伏隆跟随溃败的弗兰克尔军队流亡到捷克的布拉格，脱下军装，进入大学学习。茨维塔耶娃好容易联系上久别的丈夫，申请出国与丈夫团圆。她到了德国的柏林。当时的柏林是俄罗斯侨民文化的中心之一。在这里，她遇见了叶赛宁、帕斯捷尔纳克等。也许是脱离了祖国那动荡不安的生活以及与亲人团聚吧，茨维塔耶娃的心情逐渐平静下来，缪斯在冥冥中不断呼唤着，她的心灵里又一次鼓荡起美妙的诗情，创造力再次爆发，连续出版了《离别》《天鹅营》《手艺》等诗集——茨维塔耶娃真是天才的诗人，她的艺术想象力异常发达，稍稍地灵感降临，就会烧荒一样引起大片大片的火势猛烈的诗情燃烧，没有丝毫的造作与僵硬的语句，犹如一夜春雨之后的原野上开遍了五颜六色的花儿，尽情地挥洒着云彩一样的思绪，又如地下的岩浆喷发——诗歌节奏铿锵，意象奇诡，山羊一般跳荡的思维，往往使用破折号、问号、惊叹号，密集的语言制造出出乎意料的视觉形象，把茨维塔耶娃推上了俄罗斯诗歌史的巅峰，不，也给世界诗歌史留下永远不会消失的身影。

他们夫妇迁居巴黎，这是茨维塔耶娃的诗歌创作的黄金时代。在巴黎这个文化艺术中心，茨维塔耶娃生活了大约14年。通过帕斯捷尔纳克的介绍，她与奥地利诗人里尔克取得了联系。诗人的心灵是敏感而又多情的，这时候，她与帕斯捷尔纳克以及里尔克，竟然靠着通信，陷入三角恋爱。这也可以算作人类情感上的一个奇迹。

有的爱情使人堕落，而有的爱情却使人的精神得到升华。茨维塔耶娃没有堕落，在优美而动人的爱情滋养下，她连续写出了一系列诗歌，出版了《普绪克》《手艺》和长诗《山之歌》，不久，又出版了《终结之歌》和《莫尔》，这是两部非常优秀的诗集——文学创作，有一个奇怪的现象，这就是有一个写作"爆发期"。"爆发期"来临的时候，灵感非常活跃，思维敏锐，稍微得到一点触发就会激起极大的写作欲望，只要有一间幽静的房间和一张朴素的书桌，便可进入很好的创作状态，笔下的文字犹如春汛般漫天漫地而来。这个写作"爆发期"需要一个合适的写作环境和良好的写作心态，还需要充沛的精力和得到及时而有力的写作鼓舞——应该说，巴黎时期的茨维塔耶娃具备了所有这些写作条件，她的诗歌像初夏时分的花楸树，毫无节制地为世界奉献出一束束灿烂的花朵。

茨维塔耶娃属于"豪放派"诗歌，没有忸怩作态的脂粉气和令人厌恶的卖萌，而是直抒胸臆，长江大河一般的豪情与波澜壮阔的气势席卷而来。是的，茨维塔耶娃的性格光明磊落而且非常倔强，灵魂里轰响着刚健有力的音符。这是她 1921 年 4 月 27 日写出的《不知道分寸的灵魂》：

> 不知道分寸的灵魂，
>
> 鞭笞派和暴徒的灵魂。
>
> 渴望鞭笞的灵魂。

灵魂——面对刽子手，

仿佛飞出橄榄石的蝴蝶！

不能忍受屈辱的灵魂，

这些不再能焚烧巫师的屈辱；

粗布衣衫下冒烟的灵魂，

像高挺的松树一样燃烧……

噼噼啪啪作响的异教徒，

——萨伏纳罗拉式的姐妹——

灵魂，一根令人尊敬的麻秆！

这是茨维塔耶娃风格比较典型的一首诗，文字犹如铁钉一般，字字都闪烁着寒冷的蓝颜色的光，敲进人的灵魂里，具有多重的思想内涵。在艺术描写上，她给了描写对象"灵魂"强烈的视觉意象："飞出橄榄石的蝴蝶""粗布衣衫下冒烟的灵魂""像高挺的松树一样燃烧""一根令人尊敬的麻秆"——"灵魂"这抽象而难以言喻的东西转喻为日常的物象，一下子刻画了出来，并给这些"灵魂"的物象注满了思想的力量。为了使得诗句更有冲击力，茨维塔耶娃灵活地使用标点符号，使这些标点符号成为整个诗歌的有机组成部分，至少在艺术结构上产生了审美作用。

她的短诗《手艺》，更令人入迷：

去为自己寻找可靠的女友，

那女友并非依仗数量而称奇。

我知道，维纳斯是双手的事业，

我是手艺人，——我懂得手艺：

自崇高而庄严的沉默，

直到灵魂遭到肆意的凌辱；

从——我出生直到停止呼吸——

只是整个神性的一个阶梯！

这首短诗透露出的意蕴是什么呢？诗里说"维纳斯是双手的事业"——然而，现实里的维纳斯是"断臂"的女神形象。按照诗的意思，维纳斯的"事业"是一直在寻找也许永远也寻找不回来的自己的"双手"。这是一个悖论：寻找与寻找不回来，正因为寻找不回来所以要永远寻找，寻找不回来就是寻找的最大的理由。然而，至此，诗锋一转，茨维塔耶娃直言不讳地宣告："我是手艺人，——我懂得手艺。""手艺"是指一门比较专业性的技艺，而技艺是要靠手来完成的，也就是说，茨维塔耶娃有自己的"手"，而且还有"手艺"——在这里，她实际上是向世界袒露自己的胸怀，用自己的"手"，给世界编织一个美丽而高远的去处——可是，抱负难以实现，只有"崇高而庄严的沉默"，因为，"灵魂遭到肆意的凌辱"——茨维塔耶娃犹如浮士德在追求"光"追求"美"，宁愿自己是"整个神性的一个阶梯"——你看，这样一个人，一个超越了维纳斯的"事业"的执着的女性，却经受着"灵魂"的"凌辱"，看来，这个世界确实出问题了。

事实也是这样。在巴黎，茨维塔耶娃陷入家庭矛盾以及不适应俄侨文化氛围，特别是远离俄罗斯故土的乡愁始终是她不能忘却的存在，仿佛在呼唤她，使她神魂不宁。当她看到马雅可夫斯基诗歌的时候，她觉得应该回到故土去了。故土，毕竟是人的灵魂的安歇之处。于是，茨维塔耶娃让大女儿先期返回俄罗斯。她稍做准备也将启程。这段相对平静的时间，茨维塔耶娃转入散文写作，她的《一首献诗的经过》《记忆之井》《诗人与时代》，以及《被俘的灵魂》《诗人论批评家》和人物记叙篇章《普希金和普加乔夫》等，还有勃留索夫、沃洛申等"白银时代"诗人的印象记，这些散文依然有着诗人飘逸的诗意和体现出她对社会和人生以及艺术的见解和思考，不乏一些名篇。可以说，20世纪30年代，是茨维塔耶娃散文创作喷发期。值得注意的是，她还写出由16篇文章组合而成的自传，其中《母亲与音乐》《我的普希金》《未婚夫》《中国人》等，特别是《我的普希金》写出了俄罗斯伟大诗人普希金如何走进自己的心灵世界。作者以女性的细腻与感觉，认为普希金最爱的女人是他的奶妈，这是他一生最为坚强的灵魂的依靠。在分析《致大海》的文字里，茨维塔耶娃提出了"自由的自然力"并不是大海而是诗歌本身的观点，令人耳目一新。

人是不能决定自己命运的。当你满心向往并为之努力的愿望常常会和你开个十分滑稽的玩笑——1939年6月，当她踏上俄罗斯故土，却不是风和日丽的春天，而实实在在是一片陌生的世界。这时候，世界风云突变，希特勒军队占领了捷克斯洛伐克，一场人类历史上空前的大劫难即将开始……

同年的下半年，大女儿与丈夫在俄罗斯相继被捕，茨维塔耶娃时常奔走在泥泞的探监道路上。尽管如此，她开始翻译格鲁吉亚诗人的作品，企图减轻点自己的痛苦。1941年，苏德宣战，8月，她携带儿子随着疏散的人群离开莫斯科，到达卡马河畔的叶拉堡。举目无亲且求职四处碰壁的茨维塔耶娃绝望而自杀。

……由于好友的约请，我住在石川河岸边的一个隶属西安的小城区的一家国家研究机构的宾馆里写作。由于单位放假，这里一片静寂，然而，感到非常意外的是：宾馆的前厅里居然有专门的地方，放置着大量的书报杂志可以翻阅，居然读到了茨维塔耶娃的大女儿阿利娅回忆母亲的文章，真是有幸。过去，曾经读过茨维塔耶娃的几种不同版本的诗歌集，此时之际，却在心里闪回。未曾见识过她的《花楸树与接骨木》格外固执地引起我无限的想象，花楸树究竟是什么植物，居然使这样伟大而杰出的诗人冠之以诗集之名。真的就是我无端想象中高大挺拔开满金黄色花朵的树木吗？

花楸树成了我的一个梦魇。

世界又和我开了一个很大的玩笑。当我为能够目睹一眼花楸树真颜而费劲寻找的时候，绝对没有意识到居住的宾馆台阶的左侧小花园里，有一种花树就是花楸树。这是一种非常美丽的植物，叶子秀丽，枝干纤柔，看起来不起眼，却很醒目，那从花树里散发出来的清香是那样的悠久，那样的沁人心脾……

这就是花楸树，这就是茨维塔耶娃的诗集题名的植物。这植物根本不是我想象中那样高大挺拔，那样开满了大朵大朵金黄色的花，而是细密的米粒似伞状的白色花絮。也许，这也是预示着一种命运吧——茨维塔耶娃的命运，如同她的诗歌一样朴实而永久地清香着这个世界。

基　石

　　无论读过多少古典还是现代或者外国典籍，一个不能忽视的现象就是必先读过一本基石之作。这本基石之作直接影响人的全部阅读历史和阅读走向。在我不算悠长的阅读过程中，确实有过这样的基石之书。书房里，这本书不算群书之首，而且，时间的烟尘也使这本书不再散发着油墨的清香而显得有点苍黄起来，特别是原先底色有暗花的洁白的封面，现在已经陈旧，略微染上了一些汗渍，这是时常手不释卷的"包浆"吧。这本书就是中华书局 1974 年出版的由北京大学哲学系与 1970 级工农兵学员编写的《论语评注》——这是当时在省内一所大学读书的一位"工农兵学员"忘年交朋友购买后邮寄给我的。那时候，正在进行"文革"，联系到当时的社会实际，儒家学说的奠基人孔老夫子的观点和思想，面临着一场更为严厉的批判。这本书就是为了配合这场严厉的批判而公开出版的书籍。

　　孔老夫子在我国历史上的命运真够曲折，生前游走列国宣传自己的学说与以"仁"为核心的儒家学说，"累累如丧家之犬"，以至"厄"于"陈、蔡"，始终没有得到承认和应有的重视。死后呢，到了西汉年间，由于董仲舒等思想家的大力推崇与提倡，终于获得了"独尊"的待遇，到了宋代尤其是明清，一直保持了稳固的主流哲学和思想的地位。然而，20世纪初期，几乎被新文化运动颠覆，逐渐被边缘化了。现在，又充当了被批判的对象。

在我国古代和近代社会，包括现代社会，"六经"和孔子的《论语》是最为基础的学习教材，具备一定文化程度的人，大都能吟诵"六经"和《论语》里边富有哲理和人生教育意义的句子，而我们这一代人，却丝毫没有接触过这些著作，也没有学习过这些文化知识。要说略知一点，大都是阅读其他书籍或者资料零星学到一点，根本未曾系统地学习或者见识过。这是特殊年代的阅读现象，《论语批注》打开了我的阅读视野和给予我震撼心灵的古典文化启蒙。

那时候，在阅读和学习其他书籍的过程中，已经隐隐约约地感觉到我国的文化思想最为关键的支撑就是儒家学说，特别是孔老夫子的《论语》，他的一些话语除不断地出现在哲学思想方面的论著外，就是在诸如小说、散文等文体之中，也常常出现，特别优美。比如，"岁寒，然后知松柏之后凋也""三人行，必有我师""学而时习之，不亦说乎"，等等。这些话语，已经成了非常宝贵的人生经验与光辉闪耀的经典格言了，每次阅读这些话语都有新的收获和启示。

这对一个处于求知阶段的年轻人来说，自然具有极大的知识诱惑力，一直盼望能够阅读孔老夫子的《论语》这本著作。可是，这样的著作在书店里是寻找不到的。寻找《论语》是那时隐藏在心底的强烈的愿望。为此，为了能够一睹《论语》，我曾经骑着自行车跑了百多里地，到关中平原北部一带的山乡去寻找过。据说，那里的人家里可能有保存下来的《论语》。几经访求，都没有满足自己的心愿。真是有幸，如今能得到这样一本《论语批注》，确实是很让人高兴的事情。无论是走路还是爬山，都要从第一步开始，由此进入旅程。没有第一步，就没有以后铭刻于心的壮美的旅程风光了。这本《论语批注》成为我阅读古典哲学思想的基石之书，对我以后的阅读史意义自然非常重要。

《论语批注》是一本厚厚的书，从《学而篇第一》到《尧曰篇第二十》，一章也不落，非常完整，最大的特色是注释没有啰里啰唆的印证与考据，译文的语言准确且简练明白。这本书的编撰，北京大学研究古典哲学的老学者出力不小，以他们的学识水平，编撰这样一本面向一般读者的经学书籍，也是花费了许多心血，删繁就简，得之不易呢。就是放到今天，也为古典知识普及做出了榜样。比如，《学而篇第一》的1.16，原文是：子曰："不患人之不己知，患不知人也"，注释是：患，忧虑，怕。人，见1.1注7。那么，1.1注7是怎样解释的呢？是这样的："人，在《论语》中，一般指奴隶主阶级中的人，有时指当时的执政者。"——简明扼要，要言不烦，两句话就说清楚了"人"在《论语》里的含义。其译文是："孔子说：不怕人家不理解自己，就怕自己不了解人家。"应该说，这本《论语批注》对《论语》的注释和译文是很好的，语言直白易懂，这对初学者来说是非常适宜的。当然，这本书里占绝大部分的内容是对孔老夫子和《论语》的批判，可以略过不读。

这本《论语批注》对我而言确实是"久旱遇甘霖"，在甚是渴望学习古典文化，尤其是渴望学习孔老夫子的《论语》的时际，终于得到了，成为学习我国传统文化和哲学思想的第一块基石，意义真是太巨大了，指引我走进了一个新的理性世界。尽管在以后的学习过程中，不知道购买了多少版本的《论语》。就我目下书案上有的包含《论语》在内的《十三经疏注》以及朱熹的《四书集注》，杨树达先生的《论语疏证》与陈晓芬译注的《论语》等比较经典的读本之外，还有乔通的《论语评释》及张燕婴译注的指掌文库本《论语》，和不久前出版的钱宁重编的《新论语》，等等。这些不同版本的《论语》，都给我带来了不能言喻的阅读愉悦，促使我进一步提升对孔老夫子开创的儒家学说的理解和认识水平，起到了积极的文本阅读作用。自然，在我的书房里，也有可以赏玩的《论语》线装书，深色的庄重的布封面和洁白如玉的内文纸张，仿佛就是我灵魂的绿色之地。

我读书有个习惯，常常喜欢抄写重要的典籍。读过不同版本的《论语》之后，仍然不能遏制对《论语》继续阅读的热情。于是，在2011年整整一个春季，工工整整地抄写杨伯峻的《论语译注》一遍，完工之后，居然一大本子。通过抄写加深了对《论语》的深度理解，这对我以后阅读文史哲书籍很有帮助，也提高了我的阅读能力。

《尚书》里有这样的话："人心惟危，道心惟微，惟精惟一，允执厥中"——是啊，要理解我国古典哲学思想的原点，就一定要从这里出发。《论语》就是孔老夫子对这个古典哲学思想原点的论述。这个论述常读常新——《论语批注》经历过漫长的时间依然很好地保存着，有时候抚摸着，勾引起过去求学岁月的种种回忆，有酸涩也有幸福……更是我的基石之书。

说董仲舒

董仲舒是西汉时期伟大的思想家和哲学家。这话没错，在西汉没有其他人能超过董仲舒。之所以说他伟大，是因为孔子开创的儒家学说经过孟子等人到了汉武帝时期，其间历经了几乎是毁灭性的秦火的焚烧已经走向低谷，是董仲舒横空出来赋予了其新的生命，而且，从此走向思想的统治地位——也真应了《诗经》里的一句话："周虽旧邦，其命维新。"没有董仲舒的出现，也许儒家学说要走向统治地位还得许多时日。

董仲舒是学者。既然是学者，就得有专门的学问，他的学问是研修"春秋公羊学"——孔夫子删定的《春秋》。由于太过精练了，需要专门的诠释，于是，就出现了《春秋左传》《春秋谷梁传》《春秋公羊传》这三种著作来诠释《春秋》这部"微言大义"的经典。不过，这三部诠释各有侧重，《春秋公羊传》主要诠释《春秋》的"义"，也就是其思想理论。据说，《春秋公羊传》的作者是子夏的学生，战国时期齐国的公羊高。是不是公羊高，现在还没有定论。古人著书，对著作权好像意识淡漠，不像如今这么重视，看得比什么都重。远的不说，就说《金瓶梅》吧，其作者是谁，直到现在也弄不清楚，"兰陵笑笑生"就是一个迷雾重重的谜。我一直认为，学习和研究文学，主体是作品，而不是作者。喜欢一部作品，那就很好地认真阅读，从中吮吸思想和艺术的营养，或者尽心去体会和揭示作品的审美构成，这是学习阅读和研究文学作品的正途，绝不是把文学作品放置一边，而去专门研究其作者，甚至旁及作者的家庭和社会关系。这与作品的生成有没有关系？有，这是不能否认的，但是，这些与作品的关系究竟有多么大呢？就说《金瓶梅》，它的价值和意义就是作品本身，作品完成了作者也就消失了，消失得越彻底越好。西方文论提倡"文本细读"的研究方法，讲究作品就是一独立而封闭的完整世界，与作者已经相脱离了，要研究的就是"文本"。这就很好，避免纠缠在与文学作品意义不大的东西上面。对《春秋公羊传》的作者也应该采取这种方法，有《春秋公羊传》就好。虽然不能明确其作者，并不影响它自身的价值和意义，也不影响成为儒家经典。

董仲舒当然不是仅仅研修《春秋公羊传》，他博览群经，只不过觉得《春秋公羊传》对当下的社会现实有一定的思想资源利用价值，董仲舒想通过这部书的阐释有所益于世。因此，他很崇尚《春秋公羊传》，倡导这部书的思想主张。董仲舒教学甚有特色，做学问更是非常专心，《汉书·董仲舒传》说他：

少治春秋，孝景时为博士。下帷讲诵，弟子传以久次相授业，或莫见其面。盖三年不窥园，其精如此。进退容止，非礼不行，学士皆师尊之。

汉文帝时，始置《书》《诗》博士，分别研修这两门学问，称之为一经博士。到了汉景帝时代，又置《春秋》博士，董仲舒是为《春秋》博士。他进行教学采取的是"弟子传以久次相授业"的方式，也就是跟随他学习时间长久的学生来给新来的学生讲授知识，他本人并不是给所有的学生都面授，有的学生甚至没有见过他。做学问呢？"三年不窥园"。且要注意，此处的"三"，不是实数，而是虚指许多的意思。这句话是说，董仲舒埋头于经籍连续多年都顾不上看一眼窗外的花园，其专注的态度真令人敬佩。他非常注意自己的行为和言谈，一切按照礼的要求，所以，得到了大家的尊重并愿意拜他为师——董仲舒读书、讲学与做学问，培养了不少对国家有用的人才，有兰陵褚大、广川殷忠、温吕步舒等。这些学生有的很有出息。褚大至梁相，步舒至长史，曾经以《春秋》义决淮南狱，天子皆以为是。还有的学生，命大夫，为主郎、褐者、掌故者以百数。并且，其后治《春秋》为博士者，皆出于董仲舒一脉。

董仲舒做学问很有入世的想法，就是期望能对国家政治治理和争取比较好的前途有所作用。这也是我国知识分子的优良传统，读书、做学问以及讲学莫不是心怀天下，很少考虑自己的进退，总觉得应该替天下苍生找到一条平安之道，不惜以身许国。不过，尽管有这样的抱负，却常常事与愿违，得不到施展才华的机遇。于是，有这样两条道路的选择：一是继续读书讲学，薪火传承，希望他的学生能有所作为，或者利用学术声望影响执政者，以期达到所希望的天下治理之理想。另一条道路是退隐。这里有大隐、小隐之分。小隐隐于山林，不闻不问人间世事，由儒学转入老庄或者佛学，追求人生的另一个世界；大隐呢，隐于市，而心存魏阙，准备随时出来登上政治舞台。不过，这两条道路也都坎坷曲折，很多优秀的知识分子就这样消失在历史的天幕……

　　很少看见董仲舒奔走权门拜谒王公贵族。与他同时代的其他治《春秋》的人大不一样，比如公孙弘，这个人一心做官，也会做官。做学问比不上董仲舒，常常令他嫉妒不已，但是，在仕途上却比董仲舒幸运。《汉书》评价公孙弘："公孙弘治《春秋》不如董仲舒，而弘希世用事，位至公卿"——这里的"希世用事"，是指察世俗而行事——也就是说，善于在社会上周旋，以此，做了高官。做了高官，还不忘给董仲舒出点难题，你说我"从谀"，我看你"谀"也不"谀"。胶西王仗着是汉武帝的"兄王"，脾气暴躁，为所欲为，朝廷派去两千石的官吏，说杀就杀，接连杀了几个，官吏多不愿意去胶西王那里干事，害怕不得善终。公孙弘瞅准了这个机会，给汉武帝建议："独董仲舒可使相胶西王"——这明里是抬举董仲舒有能力做胶西王的相，实际上是把董仲舒往火坑里推。他想，董仲舒这个学者意气十足的人哪里是"尤纵姿"的胶西王的对手？学会"谀"了，还有可能在胶西王府邸里混下去，不"谀"呢，非死即伤，公孙弘在等着看董仲舒的一场好戏。然而，公孙弘万万没有想到，胶西王非常崇拜董仲舒，认为他是当世的大儒，对董仲舒"善待之"，这是公孙弘根本没有预料到的。董仲舒心里自然明白，公孙弘推荐自己做胶西王相的真实用意，但他正气凛然，和胶西王没有什么大的冲突，后以病辞相位。班固说董仲舒："凡相两国，辄事骄王，正身以率下，数上疏谏争，教令国中，所居而治"——"凡相两国"，是说董仲舒除做过胶西王相，还做过"江都相""事易王"，这是在他与汉武帝策对之后，汉武帝重其才学而任命的。去胶西王处，是第二次为"相"。为"江都相"，《汉书》记载比较详细：

对既毕，天子以仲舒为江都相，事易王。易王，帝兄，素骄，好勇。仲舒以礼谊匡正，王敬重焉……仲舒治国，以《春秋》灾异之变推阴阳所以错行。故求雨，闭诸阳，纵诸阴，其止雨反是；行之一国，未尝不所欲。中废为中大夫。

易王刘非也是个脾气粗暴之人，更可怕的是还怀有"贰心"。他知道董仲舒是当时独一无二的儒学大家，现在由他来做相，帮助治理国家，觉得是上天在有意给了他好比辅助齐桓公成为霸主的管仲，企图篡夺中央政权。当刘非提出："桓公决疑于管仲，寡人决疑于君"，董仲舒呢，才不会做他的什么"管仲"，婉转提醒刘非，"臣不足以奉大对"，又说：

闻昔者鲁君问柳下惠："吾欲伐齐，何如？"柳下惠曰："不可。"归有忧色，曰："吾闻伐国不问仁人，此言何为至于我哉！"徒见问耳，且犹羞之，况设诈以伐吴虞？繇此言之，粤本无一仁。夫仁人者，正其谊不谋其利，明其道不计其功，是以仲尼之门，五尺之童羞称五伯，为其先诈力而后仁谊也。苟为诈而已，故不足称于大君子之门也。五伯比于他诸侯为贤，其比三王，犹武夫之于美玉也。王曰："善。"

这段记载非常重要，说明了董仲舒这个学者在大是大非面前，旗帜鲜明，立场坚定，绝不做有害于国家统一的事情。他运用自己的学术优势以古喻今，劝阻刘非的非分之想。之所以劝阻刘非不要有非分之想，还有一个很重要的原因，就是董仲舒在政治上坚持"大一统"的理念。坚持这个理念，在西汉历史时期非常重要，这就避免了国家分裂与战乱以及生灵涂炭的局面——学者也有学者的价值和用处，知道什么可为什么不可为，能放眼天下大势，及时做出有益于国家民族的判断和选择。

董仲舒到底是学者，念念不忘精进学术。在做江都王相的时候，"以《春秋》灾异之变推阴阳所以错行"——他用《春秋公羊传》记载的灾异变化的历史现象和采用阴阳交替理论作为执政决断事情的依据，还做了些祈雨和止涝等事情，也许是巧合吧，居然有点灵验。须知，在汉代，阴阳五行学说盛行，这原本是古代思想家和哲学家解释客观世界的一套理论，得到了董仲舒的重视和阐释。他决定依据这个理论来解释当时出现的"辽东高庙""长陵高园殿灾"等现象，并写成文字的东西。没有想到的是，董仲舒刚刚完成了草稿，还未来得及正式誊写清楚上书给汉武帝，就被主父偃偷偷看见了，看过之后，心生嫉恨，偷走其书稿，上交给汉武帝。汉武帝"召视诸儒"，请大家讨论，发表看法，可惜的是，"仲舒弟子吕步舒不知其师书，以为大愚"，汉武帝大怒，立时把董仲舒投下了监狱，且判了死罪。好在汉武帝念及董仲舒的才华，特别是与自己的三次策对很是有见识，思虑再三，免了其死罪，放出囚牢。董仲舒被免去江都相，"废为中大夫"。经过这次打击，董仲舒再也不敢谈论"灾异"了。他"为人廉直",朝廷内外一片清誉,不长时间,又遭遇第二次命运的"蹭蹬"。主父偃的陷害没有得逞,虽说下狱贬官却保住了生命,也算不幸中之大幸也。至于遭受公孙弘的暗算,大家已知端倪,此处略去不提。

此后,董仲舒"去位归居,终不问家产业,以修学著书为事"——退回家园,整日读书写作,整理自己的书稿阐发自己的学术观点。立功不成,那就立言吧。然而,朝廷有时候还向他咨询一些事情,董仲舒也不敢怠慢,倾尽回答。

董仲舒的主要思想和学术观点是什么呢?

应该说他的哲学思想和理念是阴阳五行的学说。阴阳是事物相互依存又相互转化的两个方面,阴盛阳衰,阳盛阴衰,阴阳平衡,阴消阳长,阳长阴消,事物就是这样在平衡又不平衡的状态中发展的,此起彼伏,此伏彼起,且互为条件,圆融一起,不能分离。五行呢,在阴阳理论的基础上,构成世界的五个主要物质元素同样是相生相克的。董仲舒认为,五行相生的顺序是:木—火—土—金—水,木生火,火生土,土生金,金生水,水生木。反之,又相克,这样终而又始,循环不尽,由此产生万物构成世界——这是他治学和形成自己的思想体系的指导思想。在这一思想体系的指导下,董仲舒通过对《春秋公羊传》诠释和解读,提出了自己的学术思想观点,大致是:

1. "天人感应"的学说。董仲舒在《春秋繁露·深察名号》里说:"天人之际,合二为一。"上天与人互相交通,互相感应,不过,天是人的主宰。在《春秋繁露·郊义》里,他说:

天者，百神之君也，王者之所最尊也。

在《郊祭》里指出：

　　天者，百神之大君也，事天不备，虽百神犹无益也。

董仲舒认为，天是至高无上的存在。他的"天人感应"观点，继承了孟子和邹衍以来天人合一的学说，并进一步阐述，形成了自己的学说。他认为："天者，万物之祖，万物非天不生。"天不仅仅是万物之祖，而且还是对万物和人类是非的最终裁决者。在与汉武帝策对之一里，他直言不讳地说：

　　国家将有失道之败，而天乃先出灾害以谴告之，不知自省，又出怪异以警惧之，尚不知变，而伤败乃至。以此见天心之仁爱人君而欲止其乱也。自非大亡道之世者，天尽欲扶持而全安之，事在强勉而已矣。

这段话其实是董仲舒利用天的最终裁决权，来规范和辖制人君，警示人君要依天顺道才行，否则，天就会降下灾害和怪异来谴告或者警惧之。人君是天之子，代表天的意志，反过来，人君就要承天要顺着天的意志行事才行。怎样才能依天顺道呢？董仲舒指出："天道之大者在阴阳。"那就要尽量地升阳而抑阴，要讲究"德"而避免"刑"。应该说，董仲舒的关于"德"治的思想是具有进步意义的。仔细考察董仲舒的"天人感应"学说，可以说，这一观点，既为人君主政天下提供了可能的理论根据，同时，也限制和警示人君要依天顺道，要以"德"治理天下。

2. 关于"正"和"人性论"的思想观点。要以"德"治天下，其有效的途径是什么呢？董仲舒依据《春秋公羊传》的学说，提出了"正"的问题。在策对之一里，他这样论述道：

> 臣谨按《春秋》谓一元之意，一者万物之所从始也，元者辞之所谓大也。谓一为元者，视大始而欲正本也……故为人君者，正心以正朝廷，正朝廷以正百官，正百官以正万民，正万民以正四方。

董仲舒提出自上而下的"正"，正什么呢？正心。心怎么来正？那就是用儒家学说来正人心，也就是说，用儒家学说统一人们的认识和思想，只有这样才能正心。正心则正朝廷，正百官，正万民，正四方。正的结果是非常美好的：

> 四方正，远近莫敢不壹于正，而亡有邪气奸其间者。是以阴阳调而风雨时，群生和而万民殖，五谷熟而草木茂，天地之间被润泽而大丰美，四海之内闻盛德而皆徕臣，诸福之物，可致之祥，莫不毕至，而王道终矣。

为了正人心，董仲舒提出了自己的人性论。关于人性的讨论，从孔夫子就开始了，他说"性相近也，习相远也"，认为人性差别不大，是由于后天的习染才使人性有了差别。孟子认为人性善，荀子认为人性恶。董仲舒则认为，要讨论人性的问题，首先得弄清楚什么是"性"这个概念，不弄清楚这个概念，一切讨论都是无益的。他认为，"性"就是"生"。在《春秋繁露·深察名号》里论述道："生之自然之资，谓之性"，"性者，质也"——人生来自然的本质，未经任何加工就是人的本性。与孔夫子的人性论相一致。既然人生来自然的本质就是本性，那么，也无所谓"性善"或者"性恶"之说。性之"善""恶"看来，本质是基础，习染是条件。因此，董仲舒把人性分为三个等次：一是"圣人之性"，二是"斗筲之性"，三是"中民之性"——这三个等次的性，"圣人之性"与"斗筲之性"是至高与最低的"性"，"圣人之性"是生而所自有的；"斗筲之性"，顽劣不堪教育，只有"中民之性"是需要教育才能向善的："中民之性如茧如卵，卵待覆二十日，而后能为雏；茧待缫以涫汤，而后能为丝；性待渐于教训，而后能为善。"这就提出了正人心关键在"中民"，中民的性善了，其心必正，那么，天下何愁不正呢？

3. 提倡"大一统"理论思想。在策对之三里，董仲舒说："《春秋》大一统者，天地之常经，古今之通谊"——提出了"大一统"的思想。为什么他在这个历史阶段要提倡"大一统"的思想呢？这是因为，西汉建立以来，既实行郡县制，也实行分封制。分封制是国家分裂的主要根源，一些诸侯国不断叛乱就是很好的例证。为了国家的强盛和统一，就需要加强中央政权，实行全国一致的法律和政策，所以，董仲舒面对西汉存在的这些社会矛盾，提倡"大一统"是很有远见和正确的政治主张。

4. "推明孔氏，抑黜百家"——为了实现政治上的"大一统"，就要统一认识和思想。董仲舒说：

今师异道，人异论，是以上亡以持一统；法制数变，下不知所守。臣愚以为诸不在六艺之科孔子之术者，皆绝其道，勿使并进。斜辟之说灭息，然后统纪可一而法度可明，民知所从矣。

"推明孔氏，抑黜百家"的思想意见，得到了汉武帝的积极响应，并开始实行这一政策。汉武帝是具有雄才大略的人，他重用卫青、霍去病等大将，终于消弭了自秦代至今的匈奴之害，保障了西汉的经济社会向前持续发展的势头，这就需要举全国之力来进行，否则就不可能取得胜利。要举全国之力就要有一个权威的中央政权确保政令的实施和贯彻，所以，在经济上他重用桑弘羊收回盐铁经营权，以增强财政收入；思想上采取董仲舒的这一建议，保证了全国上下思想的"大一统"。可以说，桑弘羊与董仲舒是汉武帝时代社会走向强盛的两位强力的推手。有人认为，董仲舒是大汉帝国的总设计师，就其思想与认识方面而言，确实是这样。

5. "王道之三纲"的观点。在《春秋繁露·基义》里，董仲舒提出"王道之三纲，可求于天"的观点。他认为"君为阳，臣为阴；父为阳，子为阴，夫为阳，妻为阴"，后来，人们依据他的这个观点，提出了"三纲"伦理道德观，就是所谓"君为臣纲，父为子纲，夫为妻纲"，"臣""子""妻"完全是为了配合"君""父""夫"的存在而存在，这是绝对的封建社会的统治秩序。董仲舒的这一观点到了宋代的理学家时代，更是被具体化和理论化了，影响我国以后的社会伦理道德生成与发展。

6. "天不变，道亦不变"的观点。董仲舒是在策对里面提出这个观点的。他认为，"古之天下，亦今之天下；今之天下，亦古之天下"，"道者，万世亡弊。弊者，道之失也"——指出"道"的永恒不变，若是天下更替也只不过是补救"道"之"失"，与"道"的存在没有关系。这个"道"实质上就是儒家学说，以"仁义""忠孝"为核心的伦理道德而已。从正面来说，这个"道"对于我国封建社会的稳定与其内在的社会秩序的建立确实起到了促进作用，特别是以这个"道"为价值观而产生的文化与文明，具有鲜明的特色而区别于世界其他的文化与文明，具有强大的生命力。从负面来说，这个"道"也阻止了我国的社会向民主与科学以及文明开放程度的进步。

董仲舒还提出了"三统"的历史观。所谓"三统"就是"黑统""白统"和"赤统"。他认为，在历史上夏王朝是黑统，商王朝是白统，周王朝是赤统，三者依次循环，从黑到白再到赤。这"三统"的变化就是王朝的社会更替，这显然是董仲舒的一种解释历史发展的观点。依照马克思主义的理论，社会的更替主要是生产力与生产关系的矛盾而发生。

董仲舒所从事的似乎是要为当世寻找一条合乎理性且又合乎人心的路径的思想理论工作。为此，他研修儒家经典，特别是对《春秋公羊传》情有独钟，而且依据社会实际进行了阐释和解读，并运用到汉朝的国家政治管理和研究人性等伦理道德的建立上，这就是这位学者的学术和思想贡献。能有这样的贡献就很不简单。刘向是不是他的学生，还待考证。刘向甚是敬佩董仲舒，说："董仲舒有王佐之才，虽伊、吕亡以加；莞、晏之属，伯者之佐，殆不及也。"这个评价很高。《汉书》记载：

> 仲舒所著，皆明经术之意，及上疏条教，凡百二十三篇。而说《春秋》事得失，《闻举》《玉杯》《蕃露》《清明》《竹林》之属，复数十篇，十余万言，皆传于后世。

为什么能传之于后呢，这段话的末尾有这样一句话"掇其切当世施朝廷者著于篇"，也就是说，他的著述"切当世""施朝廷"，具有现实的理论和思想以及操作价值。很遗憾，《汉书》所列举的董仲舒的这些著作大部分都已经失传了，仅仅留有《汉书》收录的策对三篇和《春秋繁露》这部书。我在想：董仲舒的读书也好、讲学也好，还是做学问也好，其目的就是替朝廷治理国家而想方设法，他提出的种种观点和思想学说，都是围绕这个主题而开展的。纵观我国思想史，真正能提出具有原创意义的学术思想观点的人不是很多，而董仲舒却成就了自己的一番事业。可以这样认为，董仲舒是继孔夫子和孟子之后，朱熹、王阳明之前的一位最为伟大的儒家学者，影响了我国学术思想史的走向，特别是为政治哲学和伦理道德观念支撑起了基本的构架。董仲舒是不会被历史湮灭的伟大存在。

说韩愈

古代文人，我比较喜欢韩愈，不仅仅是因为他的文章写得好，更重要的是觉得他很有意思。有意思，就是说韩愈有点故事。这人早年就失去了父母亲，是长兄和嫂子把他抚养成人的，所以，他一生对兄嫂都很尊重。俗语云，长兄比父，长嫂比母。这话不差，在韩愈身上就体现了出来。西方有一位作家谈起如何能够成长为作家这个问题，他是这样回答的："有一个不幸的童年。"可见，童年遭遇过不幸的生活是文学创作的矿藏，或者说是作家的一个情绪与情感的有效储备吧。但是，这话也不是绝对的，在韩愈身上就没有体现出来一点效应。按说，韩愈的童年就遭遇到了人生的不幸，缺少父母亲的溺爱与呵护，很早就感受到人世间冷暖和辛酸。可是，韩愈没有这番经历，虽然缺少了怙恃，却得到了兄嫂的关照，而且视如己出，也就是当成了他们自己的孩子。韩愈的长兄长期在外面做官，于是，他也跟着兄嫂奔波，很早就开始接受启蒙教育。

说到启蒙教育，这是很值得注意的事情。启蒙，就是开发蒙昧，使之明白事理。怎么就是开发蒙昧呢？首先是要识字，元代的刘壎在

《隐居通议·论悟二》中说得透彻："及既得师启蒙，便能读书认字。"这话说到点子上了，不识字，就不能读书，不能读书，就不能明白天下的道理。所以，人生最关键的是先要学会识字。韩愈很聪明，7岁读书，13岁就能写文章了。《新唐书本传》里介绍他："愈自知读书，日记数千言，比长，尽能通六经百家学。"——这不简单，不是说识字了就会写文章。要写文章，还得有学问，而要有学问就得读书，读经典。识字只是初步，从初步到自如运用文字表情达理需要一个很漫长的过程，特别是汉文字，没有经过认真刻苦地学习，不能写出文理通顺的好文章。正因为从识字到写文章很是曲折艰难，所以，自古至今，能写和会写文章，是令人看得很重的事情。有个笑话，说有人自夸文章写得好：天下文章属舍弟，舍弟找我改文章——正应了"文无第二"的调侃，文人都认为自己的文章甲天下——可是，韩愈不是这样，韩愈文章是真正写得好。

韩愈早年流传下来的文章不多，约略可以想象，至少他在语文课上的作文常常得到老师的夸奖吧。须知，在唐代会不会写文章，这可是事关将来能否端上公家饭碗的基本条件。别的先不说，就是参加一连串的考试，没有能写和会写文章的能力，估计很快就被无情的考试制度给淘汰了。那时候的考试，就是凭着写文章得分的，没有别的科目。不过，这考试，更关键的是要学好"六经百家学"，一切的文章都是在诠释和阐述这些博大精深的著作。韩愈学习用功，曾经自谓"年未四十，而视茫茫，而发苍苍"——你看，他读书勤苦如此。由此而知，其少年的读书境况必是更为勤苦。读书讲究勤苦，才能获得相应的知识，而知识又是无穷无尽的丰富和浩渺，越是读书越是觉得自己的无知和穷困，于是，越是继续苦读不休。自然，书读得多了，学问也多了，天下道理也知道得多了。《红楼梦》里有这样一副对联："世事洞明皆学问，人情练达即文章。"说的就是这个道理，学问，主要是读书得来的。当然，也不排除从实践中直接得来的学问。韩愈文章写得好，就说明他读书多，书读得多了，学问自然多了，耳濡目染，感性体悟与理性学习，下笔也就方便了许多，文章自然好。杜甫早就说过"读书破万卷，下笔如有神"，这就把读书与写作的关系讲明白了。韩愈早得文名，也就是说他小时候下苦功读书，所以能写和会写文章也就毫不奇怪了。

文章写得好，也不一定能顺利改变自己的命运。韩愈19岁从宜州赴长安求贡举——唐代是科举制度，经过严格的县试、州试，合格者称之为"乡贡"，再参加省试。省试由礼部主持，合格者为"及第"，经过吏部考试合格后才能入仕。韩愈来长安求贡举，就是参加礼部的"及第"考试。不过，他很不顺利，经过四次考试才"及第"成为"进士"——通过"进士"考试在唐代是很荣耀的事情，放榜之日，京城轰动，新进的"进士"豪情满怀，得意极了。进士不会轻易考中的，例如，李白、杜甫就没有这等荣耀。一旦考中了，除去一夜之间名传天下之外，从此就走向仕途，实现自己的远大抱负了。韩愈的好朋友孟郊，考中进士之后，情不自禁地吟诗道：

昔日龌龊不足夸，

今日放荡思无涯。

春风得意马蹄疾，

一日看尽长安花。

孟郊与韩愈结识的时候，正是韩愈人生处在低谷时期。韩愈虽然比孟郊早18年就考上了进士。但是，韩愈继续参加吏部考试，"三选于吏部卒无成"，连考三次都未通过，实际上，有一次中榜了，却被人顶替了，心里挺窝火的。他仗着自己的文章写得好，写信给当朝的宰相企图能得到垂青也久久不见回音，有点郁闷，再说28岁的年纪也不算小，先得有个吃饭的地方。于是，他只好前去方镇做幕僚，从董晋入汴州为观察推官。韩愈与孟郊就是这个时候认识的。孟郊也是一个很讲究写文章的人。文学史有"郊寒岛瘦"的说法，里面的"郊"就是指孟郊，他很赞赏韩愈的文章，也很佩服韩愈的文学主张，于是，就加入了韩愈的"文学圈"。这个"朋友圈"还有李翱、张籍等人，他们成为韩愈提倡"古文运动"的骨干和中坚力量。孟郊出身贫寒，硬是靠自己的苦读和文章声名终于中了进士，兴奋之余，写出了《登科》这首诗。可见，能考中进士确实是一个能耐也是光宗耀祖的大事情。大诗人白居易也不免俗，27岁考中进士后，约了几个朋友去大雁塔。对了，顺便交代一下，当时讲究新晋的进士雁塔题名，这是一个非常优雅又十分令人艳羡的活动。白居易环顾了一下周围同时登上大雁塔的同年，均比自己年长，一时心里高兴，掂起毛笔就在粉墙上留下"慈恩塔下题名处，十七人中最少年"的诗句，自得之情溢于言表。孟郊尽管46岁考中了进士，也是人生的光彩，何况，这年纪考上进士也属凤毛麟角，还不知道有多少士子一辈子都未有这等光彩。再说，其时有"三十老明经，五十少进士"的话，孟郊也不算太晚，疏狂一下也是可以理解的。

韩愈直到 36 岁，才任四门博士，冬天，授监察御史，从此踏上仕途。看来能不能入仕，不是看文章写得好还是写得坏，韩愈就是例证之一。但是，韩愈确实是因为文章写得好而名传千古，又因为文章写得好而仕途蹭蹬。苏东坡在《潮州韩文公庙碑》中评价他：

> 自东汉以来，道丧文弊，异端并起，历贞观开元之盛，辅以房杜姚宋而不能救，独韩文公起布衣，谈笑而麾之，天下靡然从公，复归于正，盖三百年于此矣。文起八代之衰，而道济天下之溺，忠犯人主之怒，而勇夺三军之帅……

苏东坡短短的百余字就高度概括了韩愈一生的业绩，其主要功绩在于写文章上。他回顾了自从东汉至唐代的文章历程，认为，这将近四百年来是"道丧文弊，异端并起"，确实如此。西汉武帝及董仲舒等推行"罢黜百家，独尊儒术"政策，使得儒家学说成为国家的主流意识形态。然而，东汉中后期儒家学说逐渐衰退，特别至魏晋时期，玄学盛行，而南北朝时期则佛学大兴。隋代虽然确立了科举制度，但是儒家学说的恢复生机还有待时日。唐代开国提倡道家，儒家学说尽管由于房玄龄、杜如晦、姚崇、宋璟等名臣的力图复兴，却收效甚微。韩愈横空出世后，他提倡"古文运动"，主张文章回到先秦两汉，借以挽救骈体文章讲究声律内容空洞无力之流弊，欲达到此目的，必先要正道，正道就要恢复西汉时期儒家学说的正统地位，这是韩愈的宏伟理想。难能可贵的是，起自"布衣"的韩愈居然做到了，做到了连那些王公贵人都做不到的事情，故而，有苏东坡"文起八代之衰，道济天下之溺"的感慨。韩愈坚持"文以明道"，也就是说，文章要宣扬儒家学说，以儒家学说为仪轨，只有这样才能端正天下的道统，否则，歪道邪说就会盛行起来，天下则陷入"溺"的状态，不利于国家与人民——韩愈的《原道》《原性》《原毁》《原人》是阐述儒家思想的文章，尽管有人说不够深刻，然而就其文章而言却很漂亮，文势突兀而起，气足神完，淋漓酣畅，且语言精练、意境饱满。说句真话，韩愈在思想哲学方面，没有什么新的突破，他对孟子很是敬仰，孟子的"浩然之气"说得到了他的响应。在《答李翊书》里，韩愈说到自己"非三代两汉书不敢观，非圣人之至不敢存"，其实呢，真正下苦功夫的著作除去六经之外，就是孟子、荀子、司马迁、刘向和扬雄等。两汉就儒学而言，董仲舒是最为杰出的思想家，他把儒家学说推向一个新的历史阶段，提出了"天人合一""人性论"等至今仍然还有学术生命力的命题。就其文章而言，也达到了绚丽归于平淡的境界，内敛而从容不迫，徐缓而逻辑缜密。就文风来说韩愈并不喜欢——他喜欢上述几家的文风，追求文章的"奇"和"气势"。韩愈认为写文章要有"气"，这"气"就是孟子的"浩然之气"，秉持儒家学说和思想，具有怀抱天下的大气魄，这也是他的文章主要的思想支撑以及理念准则。

韩愈的文章确实不凡，情绪酝酿十分到位，到了感情的"爆发点"才执笔为文，犹如海涛壁立而汹涌澎湃，起首便震撼人心。他的《送孟东野序》，一落笔便突兀而来："大凡物不得其平则鸣，草木之无声，风挠之鸣，水之无声，风荡之鸣"——你看，横空而来的语句一下子就抓住了人，接着荡开笔墨，一泻千里，把人卷将进去，不由自主一路阅读下去。又如《送董邵南序》的开题就是这么一句"燕赵古称多感慨悲歌之士"，也是凭虚而起，且语气曲折如岩壑却紧扣人的心弦。韩愈的文章非常凝练，一字就是一字，字字不移，又多精辟之语，文章因此而升华。例如《与崔群书》里有这样的话："自古贤者少，不肖者多。"这句话非深知历史演进及人物品藻者不能道出，也属此篇之"文胆"，语短而言深。当然，韩愈写文章也有开篇徐缓一如初入深山，逐渐文势陡立而群山起伏逶迤而来，其《送李愿归盘谷序》就是这样结构文章。平静叙述，"太行之阳有盘古"，继而铺陈，"盘古之间，泉甘而土肥，草木丛茂，居民鲜少"，接下去，由居住环境迅速转折至对李愿的描写。怎么描写的呢？韩愈采取了对话策略，先是李愿独自叙述，对比志得意满的大官僚和自得其乐的隐士，对前者的显赫威势和穷奢极欲以及奔走权门的丑态做了尽情的揭露和讽刺，语言奇偶相生，自然流畅，随后韩愈"与之酒而为之歌"，这"歌"把文章推向高潮也同时收了尾——苏东坡写文章很自负，他评论韩愈这篇文章说："唐无文章，惟韩退之《送李愿归盘谷序》一篇而已。"这话说得绝对，然而，这个评价是比较准确的。韩愈写文章，力图达到"惟陈言之务去"，简单地说，就是强调用词造句新鲜而坚决去除陈词滥调。要达到此要求，他自省首先要"行之于仁义之道""游之乎《诗》《书》之源"——也就是心存"仁义"在先，又要从《诗经》《尚书》等儒家经典里参悟为文之道，这是写文章的正途。为此，韩愈把全部的生命力投放在"文以明道"的伟大事业中。他的文章无论是记叙、抒情还是论辩，以及书信、序言，还有杂论甚至墓志铭，都写得大气磅礴而又充实优美，他同时代的著名诗人白居易说韩愈的文章："学术精博，文力雄健，立词措意，有班、马之风"——不过，我还是觉得苏东坡对他的评价真好。

苏东坡还提到韩愈"忠犯人主之怒，而勇夺三军之帅"，前者是指韩愈出于"忠"而谏唐宪宗从法门寺迎佛骨的事情。唐代地处京畿之地的凤翔法门寺护国真身塔内藏有释迦文佛的指骨一节，三十年一开塔，相传开塔则岁稔人泰。元和十四年正月是开塔之期，宪宗派人捧香持花迎佛骨于宫内，供奉三日。京城内王公士庶奔走施舍，竟然出现了废业破产、烧顶灼臂而求供应者。韩愈任刑部侍郎，按理不应当上书言事。可是，韩愈本来就反对佛学，看到佛事之害之烈，于是奋笔疾书，上《论佛骨表》急谏。宪宗大怒，下令处死。后来在一帮朋友，如裴度、崔群等人的营救下，免于一死。他以"佛若有灵，能作祸福，凡有殃咎，宜加臣身，上天鉴临，臣不怨悔"的胆量，历举事实，说明"佛不足事"，要求把"朽秽之物"的佛骨"投诸水火，永绝根本，断天下之疑，绝后代之惑"，并尖锐指出"群臣不言其非，御史不举其失"的朝政弊端，触怒了李纯——其实，韩愈的目的在于维护"先王之道"，为了天下的长治久安，是绝对忠诚的表现。后来，韩愈被贬潮州刺史。他的那首哀怨低回却又忠贞不渝的《左迁至蓝关示侄孙湘》诗就是行走至秦岭北麓的蓝水旁边的关口蓝关写的：

一封朝奏九重天，

夕贬潮州路八千。

欲为圣明除弊事，

肯将衰朽惜残年。

云横秦岭家何在，

雪拥蓝关马不前。

知汝远来应有意，

好收吾骨瘴江边。

这首诗说明了他被贬官的原因以及内心的悲愤，诗句凄切却不衰煞，
到底胸有一股"浩然之气"，这就是儒家精神！以天下为己任，个人
际遇和愁苦算不了什么。至于说韩愈的"勇夺三军之帅"，是指他在
元和十二年，任兵部侍郎的时候，随裴度平淮西，起到了很好的参谋
作用，取得了平淮西的胜利。宪宗命韩愈撰《平淮西碑》，记录了这
场战争。不过，要说明的是，由于平淮西战争的胜利，韩愈升任刑部
侍郎，第二年，就发生了谏迎佛骨事件。就韩愈而言，亦喜亦忧，人
生如戏剧般变异，也是造化的安排吧。

韩愈的诗也写得好，他是中唐时期的一代大家。

他的诗气魄雄大而意象怪奇，现存405首，其中古体诗占一半以
上，近体诗最少，这和韩愈的气质有关。赵翼在《瓯北诗话》里认为
其"盖才力雄厚，惟古诗足以姿其驰骤。一束于格律声病，即难展其
所长，故不肯多作"——这话分析得很好。你想，韩愈终其一生提倡
"古文运动"反对骈体声律柔靡的文风，岂肯自己被束缚在格律桎梏
之中，当然不会。再说，他把自己视为"垂天鹏"，要在大风大浪里
"作鲲鹏游"，还要"变化风雨上下于天"，这样的极端自由的心

灵，只有采用古体诗才能得到很好地发挥，这两点应该是韩愈写古体诗的主要原因吧！韩愈的古体诗也确实写得漂亮，例如《醉留东野》：

> 昔年因读李白杜甫诗，长恨二人不相从。
>
> 吾与东野生并世，如何复蹑二子踪。
>
> 东野不得官，白首夸龙钟。
>
> 韩子稍奸黠，自惭青蒿倚长松。
>
> 低头拜东野，原得终始如驱蚣。
>
> 东野不回头，有如寸筳撞巨钟。
>
> 我愿身为云，东野变为龙。
>
> 四方上下逐东野，虽有离别无由逢。

这首古体诗韩愈把自己与孟郊的交情比之为李白与杜甫的友谊，并以云龙相从做比喻，设想奇特，又把醉后的狂态写将出来，友情至此，何须多言耳！近人钱基博在《韩愈志·韩集籀读录》里评价说："万怪惶惑，往往盛气喷薄而出，跌宕淋漓，曲折如意，不复知其为有韵之文"——真是体会得深，一语中的。韩愈的古体诗具有如此的特征。话又说回来，韩愈的古体诗写得好，也不否定他的近体诗照样很优秀，以上写给侄孙韩湘的诗就已经臻于诗的艺术的上乘了。我觉得韩愈的一些写风物景色的诗更优美，而且能写出可以意会却不好用语言勾画的东西，如他的《早春呈水部张十八员外》：

天街小雨润如酥，

草色遥看近却无。

最是一年春好处，

绝胜烟柳满皇都。

这首诗特别是"草色遥看近却无"一句，真乃出神入化，把关中的早春景色特点勾画得贴切如画，非是如此诗力绝不能出之也。还有《春雪》：

新年都未有芳华，

二月初惊见草芽。

白雪却嫌春色晚，

故穿庭树作飞花。

诗的审美要求之一，就是要构思奇巧，方能引人入胜。这首诗，落笔不俗，把初春的寒寂写出了阳春的热闹，读来令人身心俱惬。韩愈诗的特点是"以文入诗"，在唐代诗坛上独树一帜。他的诗显著的是关怀现实生活，一些诗直接反映底层老百姓的辛酸遭遇。例如《龊龊》这首，写老百姓秋雨连绵里遭受洪灾之苦又遇黄河决口，而"不闻贵者叹"，根本引不起权贵们的怜悯之情，更无解救的良方。又如《赴江陵途中寄赠王二十补阙李十一拾遗李二十六员外翰林三学士》，其中有这样的诗句：

我时出衢路，饿者何其稠！

亲逢道边死，仁立久咿嗄。

归舍不能食，有如鱼种钩。

这虽然是全诗中的一个片段，但是反映了贞元十九年关中大旱老百姓流离逃荒饿死路边的悲惨景象，历历在目，令人目不忍睹。用诗表现现实生活是唐诗的一个优秀传统，杜甫的"三吏""三别"以及《北征》就是这样的诗，韩愈继承了杜甫敢于揭示社会生活矛盾的勇气，实在是难能可贵，也实在是远远承继了《诗经》"国风"的优秀传统。

韩愈开一代写作风气，他力挽狂澜，力图恢复先秦两汉之风，确实是有理论有实践且还有实绩，终于成为一代文章宗师，转折了我国文章史之颓波，敲响黄钟大吕，昂扬起宏大正气，影响了以后甚至至今的文风，功莫大焉——然而，他的一生却十分艰难，在一个职位上没有消停过两年的光景，不是被贬，就是奔波在"左迁"的漫漫路途上，加上"不平则鸣"的性格和儒家积极进取以及敢于以天下为己任的雄心壮志，用自己的如椽巨笔捍卫和弘扬儒道思想，展现壮丽山河以及敢于描写现实的精神，无论是文章还是诗都具有意境美、音韵美、语言美和强大的艺术气场。还是苏东坡概括得好：

匹夫而为百世师，一言而为天下法。是皆有以参天地之化，关盛衰之运；其生也有自来，其逝也有所为矣。

确乎其言，确乎其言。有道是天下惺惺惜惺惺，此言不假，苏东坡知韩愈，知之深矣！我甚是喜爱韩愈文章，常常阅读《韩昌黎文集》，每一次开卷即有一次收获，今又焚香，再读韩愈文章……

说朱熹

宋代经济社会主要的问题是：日趋激烈的民族矛盾，抗击辽、金、夏及蒙古的侵略蹂躏；城市消费份额日益上扬，周边农村经济负担过重，农民和地主、官僚以及不事生产单纯消费群体的阶级矛盾上升；愈来愈严重的土地兼并——这些问题是需要解决的主要经济社会问题，也是摆在统治者和国家机器管理者面前亟须化解和平衡的政治任务，谁能解决这些内外均显棘手的问题——北宋的著名改革家王安石力倡改革，并雷厉风行、大刀阔斧进行变法，但是由于种种政治、经济和人事纠纷问题，这场挽救宋代社会性命的变法终于在各种力量的摧毁下偃旗息鼓了……偏安一隅的南宋又有谁能如同女娲补天一样，再次只手重新整治乾坤，哪怕稍微延缓一下气数将尽的这个从里到外都已经腐朽不堪的落日帝国？

朱熹选择了从人的思想也就是修整以孔孟学说为主体的儒家意识形态入手，匡扶衰败的社会风气，清理追求缥缈来世的佛家学说，提倡刚正健康的学术道派，培养志在天下的青年俊秀，刷新政治，达到富国强兵，抵御外侮的目的，企图从根本上来救赎这个逐渐式微的大宋王朝。他采取的方案不外是"内圣外王"，健全人格，而健全人格，其最高精神境界就是成为"圣人"，他的理学一言以蔽之，就是成为圣人之说。现在他面临的主要问题是：其一，人是否能成为圣人？其二，是否人人均能成为圣人？其三，如何成为圣人？

对于第一个问题，答案是肯定的，因为"人性本善"，"人皆可以为尧舜"——这是儒家学说的故有之义。北宋著名哲学家张载提出"天地之性"与"气质之性"，进而指出"天地之性"是真正的人性（后理学家改称为"义理之性"），是纯粹至善而非恶。对于第二个问题，北宋诸儒的答案是：先把世界分为形而上和形而下两部分，前者为本体，后者为实然。就本体来说，是单一的、永恒的、主动的、明觉的——由于个体的体会不同，所以有各种不同的概念，如"天""道""理""太虚""太极"等，本体假如落实于具体的个人，则谓之"性""心"；形而下呢？他们对实然称之为"气"，具体的个人，便是"气"之一部分，每个具体的个人，其善性都来自本体（形而上），所以，人皆可成圣人——要解决第三个问题，也就是具体的个人通过怎样的路径才能成为圣人——这里，朱熹这些道学家认为，关键是个人通过道德实践而至人格圆满的境界——道德实践这是个人之本体呈现后自主自发地表现为自己的行为——所以，要成为圣人，必须先体悟本体。体悟本体则需用自我反省的方法。张载说得很明确："善反之，则天地之性存焉。"这里的"善反"——就是自我反省。进一步讲，如何自我反省呢？以上说了，本体是主动的、明觉的，能自动自发地发现自己，所以不能说另有一物可以使反，假如另有一物可以使反，则此心变为被动，不再是本体了——而此心是与"气"在一起，其呈现是必然的，但受气的限制，难免为气所蒙蔽——若要去掉蒙蔽，理学家提出以身体外形的——静坐来去除。人在静坐时，摒弃一切外界的干扰和来之自身欲望的杂念，使得本心自然呈现，然后持而勿失，让其在日常生活上表现。

朱熹本着"内圣外王"的目的，耗尽了毕生的心血和精力——他一生大致主要事迹是"读书""为官""讲学"和"著作"——"著作"以诠释儒家经典为主——他自24岁开始做官，到71岁去世，共被授官20余次。由于权臣当道，多次遭受排挤，或辞而不就，真正在地方上做官总计不过10年，在朝做官40天。可见其仕途坎坷，很不顺意。据说，朱熹降生的时候，老宅门前的山崖上竟然隐约出现"文公"的字样——昭示了"天降大任"于朱熹，不是管理国家的"官吏"，而是从事学术事业——事实也是如此，他把一生的精力都放在讲学和著作上。50岁以后，门下学生一天比一天多起来了。这年，他在南康军重新建起白鹿洞书院，又结庐于武夷之五曲，名为"武夷精舍"；65岁时，修复岳麓书院，接着又建竹林精舍于建阳之考亭——这些地方，都是他讲学的场所。就著作而言，从30岁开始，一直修书不辍，临终前3天还在修改《大学诚意章》，可见其著作之勤苦和谨慎。

朱熹在学术上的业绩如上列举，他继承了二程开创的理学，并弘扬光大了理学。何谓理学——理学又称道学，是中国封建社会后期居于统治地位的社会意识体系，它是以研究儒家经典的义理为宗旨的学说，即所谓义理之学。从研究方法上说，理学不同于过去以注释儒家经典为主的"汉学"，故人们又称宋代开始的义理之学为"宋学"——从世界观的理论体系来看，理学是在中国封建社会后期的特殊历史条件下形成的一种新的哲学思潮。在这一思潮的代表人物中，有以"气"为最高范畴的哲学家，如张载、罗钦顺、戴震等人，也有以"理"为最高范畴的哲学家，如二程、朱熹、陆九渊和王阳明等人。人们一般所说的"理学"，主要是指程朱和陆王之学，因为无论程朱或陆王，都把"理"作为自己哲学体系的最高范畴——这是宋明理学的主流。

鉴于唐宋藩镇割据，"君君臣臣父父子子之道乖"，"三纲五常之道绝"的历史教训，为防止再度发生"臣弑其君"和"以下犯上"的事件，经过北宋建国以来几十年的艰苦营造，才建构了理学这样一种学术思潮，它萌发于晚唐的韩愈"道统"说和李翱的"复性论"，奠基于周敦颐、邵雍、张载，初创于程颢、程颐兄弟，朱熹则是理学的集大成者——朱熹深化和完善了理学本体论思想，他在二程初创的唯心主义理学基础上，建立了一个精致的、富于理性思辨的理学体系，使之达到了理学的最高水平。

朱熹和二程一样，把"理"作为最高的哲学范畴。他说："宇宙之间，一理而已，天得之而为天，地得之而为地，而凡生于天地之间者，又各得之以为性，其张之为三纲，其纪之为五常，盖皆以此理流行，无所适而不在"——宇宙间的一切都充斥着一个普遍流行和无所适而不在的"理"，理生天地，成万物之性，展现为"三纲五常"。无论自然、社会和伦理道德领域，都体现了"理"的流行。理无所不在，这是对二程理一分殊的继承和概括。

在此基础上，朱熹又提出了"太极"这个概念，认为"太极"是

"理"的总体。他说："总天下之理，便是太极"——他还认为"太极"是"理"的最高体现；"至于太极，则又初无形象方所之可言，但以此理至极而谓之极耳"——这就进一步完善了理一分殊的世界观，使之更加完备。

他的哲学思想观点是：天理论与性说思想——朱熹继承了二程的理本论思想，以理为其最高范畴，通过对理与气关系的研究和展开，建立起自身庞大而成熟的哲学体系。他的天理论，则是这一哲学体系的理论基石。他首先说明理与天下万物的关系，提出了理在事上、理在事中的观点。他说：理也者，形而上之道也。认为日月星辰，山川草木，人物禽兽，皆为形而下之器。同时，这形而下之器中，便各自有个道理，此便是形而上之道。在他看来，理是抽象的普遍原则，并且理具有无情意、无计度、无造作的超意志特征和无所适而不在的超时空特征；普遍之理又存在于具体事物之中，天下没有理外之物，如他举例说，阶砖有阶砖之理，竹椅有竹椅之理。形而上的理，何以在事物之上之先？朱熹从理为本体角度回答了这一问题。他说：若在理上看，则虽未有物，而已有物之理，然亦但有理已，未尝实有是物也。这即是说，在世界本原的理那里，其本然状态便内含了物之理，它存在于天地万物之先，而万物则是理之后由理所派生形成的。他进而说：未有天地之先，毕竟也只是理。万一山河大地都陷了，毕竟理却只在这里。他强调在万物生成之前，理已存在，而且不依具体事物的转化灭亡为转移，理具有永恒独立的普遍性质。

朱熹提出理决定气，理气结合构成天下万物。何谓理气？他认为：理也者，形而上之道也，生物之本也。气也者，形而下之器也，生物之具也。是以人物之先，必禀此理然后有性；必禀此气然后有形——这就是说，理与气两大因素，是道器对置关系，任何器物都离不开二者。理是产生万物的本质根据，气是构成万物的物质材料，观念性本体的理与物质材料的气彼此结合，便形成了天地万物——这里，朱熹把张载视作世界本原的气，作为第二性的亚层次，与二程视作宇宙总则的理，联结为一个不可分割的统一体。在理气统一体内，理是第一性的，是道是本；气是第二性的，是器是用。他以此克服张载重气轻理、二程重理轻气的各执一偏的片面性，形成自己的理气说。他认为，应从两个视角来看理与气孰先孰后的问题。第一，从宇宙生成的本末关系上看，是理先气后。他说：以本体言之，则有是理，然后有是气。这是从逻辑上推其所从来，万物生于五行，五行生于阴阳二气，二气之实，又本一理之极。由此推出气由理所派生，即理生气也。这是说未有天地之先，只有一理存在；理生出了气，然后气才流行发育出天地万物。第二，从现实世界的器物来看，是理气并在——理与气本无先后之可言。在具体事物中气与理本相依。这又说明天下未有无理之气，也未有无气之理，理气依存又彼此渗透，理寓于气之中，而气皆存有理——他的天理论，是天人合一于一理的学说：理，既指万物的所以然规律，又指孝亲事兄所当然的道德原则。他说，天下之物，则必各有所以然之故与所当然之则，所谓理也。他认为，宇宙规律与社会道德，二者由天理所赋予，存在所当然的现实指令和所以然的本质规律。

如果深入探讨理与气的关系，大约可分为以下三个方面：

首先，在理与气、理与事的关系上，主张理气统一。为此，他借用了张载气化论的思想，对理本体论的世界观做出了合乎逻辑的论证。其论证方式分两个步骤：第一步，就具体事物而言，朱熹断言"万物皆有理"，如在自然界，四时变化，"所以为春夏，所以为秋冬"是理；在动物界，"甚时胎，甚时卵"是理；在植物界，"麻、麦、稻、粮甚时种，甚时收，地之肥瘠，厚薄，此宜种某物，亦皆有理"——这些"理"都是指具体事物的"当然之则"及其"所以然"之故。他说："至于所以然，则是理也"——这都表明理是事物的必然规律，也说明"理"在"气"中，"道"在"器"中。朱熹说过，"理是虚底物事，无邪气质，则此理无安顿处"，"然理又非别为一物，即存乎是气之中。无是气，则理亦无挂搭处"，"有理而无气，则理无所立"。在这里，朱熹认为"理"寓于事物之中，把"气"当作"理"的安顿处，挂搭处，立足处，主张"理未尝离乎气"，"道未尝离乎器"。认为具体规律不能脱离具体事物，这一思想是正确的、合理的。第二步，从理本体论的角度看，朱熹则说："理未尝离乎气，然理形而上者，气形而下者，自形而上下言，岂无先后？"——说明理气虽然不可分离，但理是具有无形体特征的精神抽象，"气"是有形体特征的物质现象——就精神和物质形体的关系而言，岂能无先后之分？他又说："理与气本无先后可言，但推上去时，却如理在先，气在后相似。"所以朱熹还是认为"是理后生是气"。他又说："天地之间，有理有气。理也者，形而上之道也，生物之本也；气也者，形而下之器也，生物之具也"——他从逻辑上强调了理在气先，"理"和"太极"是产生万物、支配万物的根本，"气"只是形成万物的具体材料——这样，朱熹就从宇宙的本原、本体上否认了理不离气，而坚持了理为本的客观唯心论。在"理"和"物"的关系上，朱熹强调"理"在"物"先。他说："无极而太极，不是说有个物事光辉辉地在那里，只是说这里当初皆无一物，只有此理而已"——在宇宙万物形成之前，只是无形而实有的"理"存在着，"未有天地之先，毕竟也只是理。有此理便有天地，若无此理便亦无天地，无人无物，都无该载了。有理便有气，流行发育万物"——这说明"理"存在于天地形成之先，是产生天、地、人、物的总根。"理""事"关系也是如此。朱熹说："未有这事，先有这理，如未有君臣，已先有君臣之理；未有父子，已先有父子之理。不成元无此理，直得有君臣父子，却旋将道理入在里面"——朱熹这种"理在事先"的思想，只不过是他为了证明封建道德和上下尊卑的等级关系不仅存在于人类社会，而且存在于自然界。朱熹说："虎狼知父子能孝，蜂蚁知君臣能义，豺狼知报本能孝，雎鸠知别有能礼。"因而他强调，"理便是仁义礼智"，"道者古今共由之理，如父之慈，子之孝，君仁臣忠，是一个公共道理"——在朱熹看来，"理"实际上就是忠、仁、孝、义、礼、智等道德伦理的共性。这样，他就把封建的伦理道德上升到宇宙本体的高度。

其次，在"理"的性质上，朱熹做了比二程更为抽象的论证和更明确的规定。他把作为宇宙本体的"理"和具体事物的"理"严格区分开来。有人问："未有物之时为何？"朱熹回答说："是有天下公共之理，未有一物所具之理"——这个"天下公共之理"就是总理"太极"，它存在于万物开始之先，而"物所具之理"则是以后才形成的，不是宇宙的本体。朱熹给"理"规定了以下的性质：其一，理永不生灭，生于天地之先："有此理便有天地"；又存于天地既亡之后："万一山河大地都陷了，毕竟理却在这里"——理是超时间的永恒存在。其二，"理"无形体，无方所，也是跨越空间的绝对精神。他说："周子所以谓之无极，正以其无方所、无形状。以为在无物之前，而未尝不立于有物之后；以为在阴阳之外，而未尝不存乎阴阳之中；以为贯通全体，无乎不在，则又初无声臭影响之可言"——通过对周敦颐"无极而太极"这个宇宙本体论的阐发，说明"太极"具有无形、无臭、无声的特性，又说明它是贯通一切领域，既在无物之前，又在有物之后；既在阴阳之外，又在阴阳之中，是一个无处不存的精神实体。在论证"理"是精神实体的过程中，朱熹采取了"体用一源""有无统一"的精巧方法——从"体用一源"来看，"体"就是"理"或"太极"，"用"就是"气"和"阴阳"——这是同一本体的两个方面，实质上是一种巧妙的手段，表面上调和"理"与"气"的对立，骨子里是为理本体论服务。

再次，朱熹提出了"理一分殊"的观点。他说："总天地万物之理便是太极。""太极"是理的总体，就是"理一"。"理一"又有分殊，"万殊各有理"——分殊就是"理"体现于万事万物之中，"理一"和"分殊"之间存在着互相联系的依赖关系。他说："盖合而言之，万物统体一太极也；分而言之，一物各具一太极也"——说明万物皆统一于太极，而太极又分属于万物。他采纳了佛教华严宗"理事无碍"和"一即一切，一切即一"的理论，认为分殊于万物之中的"理"是"太极"完整的全理，而不是全理中的一部分。他说："虽然又自有一理，又却同出于一个理尔"——同样，"太极"分殊在万物之中的"理"，虽物物有别，物物有一太极，如同佛教禅宗玄觉在《永嘉正道歌》中所说："一月普现一切水，一切水月一月摄。"这句话的意思是，天上的月亮普映在一切水中，一切水中之月又都是天上那一月的整体映像——"理一分殊"说，否认了个别和一般的差别，把一般与个别相等同，这是在政治上为封建等级制度作辩护的。朱熹说："天分即天理也，父安其父之分，子安其子之位，君安其君之分"——只要人人安于所居之位，就体现了"天理"的最高原则——朱熹"理一分殊"说——这源自他对程颐思想的发挥——是通过宇宙整体与具体万物的关系，说明了总体与具体的道理，也将理学关于天理、物理、伦理、格物等问题的看法串联起来，成为系统的理论体系。

朱熹还发展了二程"无独必有对"的矛盾观。认为在自然界和社会的一切现象中，都存在着两两相对的矛盾。他说："天下之物，未尝无对，有阴便有阳，有仁便有义，有善便有恶，有动便有静。"又说，"盖所谓对者，或以左右，或以上下，或以前后、或以多寡，或以类而对，或以反而对。反复推之，天地之间，其无一物无对而孤立者"——这种"天下之物未尝无对"的思想，是朱熹对二程"天下之物无独必有对"的进一步发展。他说："然就一言之，一中又自有对。且如眼前一物，有背有面，有上有下，有内有外，二又各自为对。虽说无独必有对，然对中又自有对"——"对中又自有对"的思想，进一步揭示了事物内部矛盾对立的关系，说明在每一事物内部都是一分为二的。他指出："阳中又自有个阴阳，阴中又自有个阴阳"，"以是一分为二，节节如此，以至于无穷，皆是一生两尔"——把每一事物内部的"一生两""一分为二"的关系看成是"节节如此，以至于无穷"，这是对二程"无独必有对"思想的进一步深化。事物除了对立关系之外，对立事物之间还存在着相互联系和相互依存的关系。朱熹说："盖阴之与阳，自是不可相无者。"进而他又说，"天地之化，包括无外，运行无穷，然其所以为实，不越乎一阴一阳两端而已，其动静，屈伸、往来、阖辟、升降、浮沉无性，虽未尝一日不相反，规亦不可一日不相无也"——他得出结论说："凡物无不相反以相成"——这是对事物矛盾对立统一关系的基本概括。

在谈到动与静的关系时，朱熹认为："动静无端，阴阳无始。今以太极观之，虽曰动而生阳，必竟未动之前须静，静之前又须是动。推而上之可见其端与始"——在阴阳动静的源头上，朱熹比周敦颐进了一步；"动静无端，阴阳无始"的看法是朱熹对动静起源的辩证猜测，对后人具有启迪作用。他看到了动静之间既相矛盾又相依存的关系，他说："动静二字，相为对峙，不能相无，乃天理之自然，非人力所能为也"——说明动静之间的对立依存关系是天理之自然的规律，非人力所为。因此，"动静相资"，"阴静之中自有阳动之根；阳动之中又有阴静之根"——这种动静相因的思想无疑是正确和深刻的。

朱熹的格物致知思想。"格物致知"出于《大学》"致知在格物"一语，原无认识论意义，基本上是讲对一般道德的体认。明确从认识论的意义上解释"格物"的第一个人是程颐。他说："格犹穷也，物犹理也。犹日穷其理而已矣。"——朱熹继承了二程的说法，并建立了更系统的格物穷理说。他说："所谓致知在格物者，言欲致吾之知，在即物而穷其理也。"他通过对"格物致知"的阐释，表述了自己的认识论思想——从认识的目的来看，朱熹讲"格物致知"是为了当圣人。他说："《大学》格物致知处，便是凡圣之关。物未格，知未至，如何煞也是凡人。须是物格知至，方能循循不已，而入圣贤之域。"认为若做不到"格物致知"，无论如何都是凡人，只有达到"物格知至"，方可进入圣贤之域。何谓格物？他说：便是要就这形而下之器，穷得那形而上之道理而已。依据理在事中的前提，他认为明理就是通过察辨形而下的事事物物，来认识形而上的天理。他称格为至，物为事，格物即是穷至事物之理。于事物上穷尽其理，具有朴素反映论色彩。何谓致知？在朱熹看来，致知有二义：一是指认识主体在穷理中，推极吾之知识，欲其所知无不尽也。这是指从物中见理，由寡而多的推展扩充知识。二是指通过穷理来发现内心固有知识。朱熹说，知者，吾自有此知。此心虚明广大，无所不知，多当极其至耳。致知的二义并不矛盾，是以穷物中理来发现心中理。他借用禅宗神秀的心镜之喻，说心如一面镜子，本来全体通明，只是被灰尘所蔽，通过一番擦拭功夫，即可无所不照。这擦拭便是穷理，所以致知乃本心之知——朱熹认为，格物与致知二者既对立又统一。二者之异在于：格物是就物而言、以理言也，是零细说；致知是自我而言、以心言也，是全体说。这是说，在认识对象上，格物在物而致知在我；在认识方式上，格物在循理而致知在循心；在认识程度上，格物为零细而致知是全体。然而二者又密不可分。他说，致知、格物，一胯底事。一方面只有格物才可致知，所穷事物之理愈多，所得知识愈广，即致知便在格物中；另一方面格物中之理与致心中之理又是同一过程。他说，理在物与在吾身，只一般——这就是穷索事物之理，以复萌心中天理——由格物到致知，是一个从积累到贯通的过程。既不可顿进，而要今日格得一物，明日又格得一物，须工夫日日增加；又并非将天下万物逐一格过，而是俟其积累见多，便会有豁然贯通的认识飞跃，从而把握天理的普遍规律。朱熹对程颐积习既多，然后脱然有贯通处之说，做了新的发挥——在朱熹看来，格物致知的目的，不仅在于识得万物的本质，更重要的是体认社会伦理的原则规范。他强调格物致知的根本要义，只是识理明善——具体内容是"穷天理，明人伦，讲圣言，通事故"。这里的"天理"主要是指仁、义、礼、智等封建道德；"伦""圣言""事故"则是天理的阐发应用——他认为，如果放弃对天理的追求，只把精力花在草木、器用的研究上，那就如散兵游勇那样，回不到老家。他说："兀然存心乎草木、器用之间，此何学问？如此而望有所得，是炊沙而欲成饭也"——朱熹提出了"以身为主，以物为客"，注意认识主体和客体的区别。他说："人心之灵，莫不有知，而天下之物，莫不有理。"——这"知"是指认识能力，"理"和"物"指认识对象。他说，"格，致也，尽也"，"物，犹事也"，穷究事物之理达到极点就是"格物"。"致"，推究也，"知"犹识也——推展心中的知识至于极致，就是"致知"。由格物才能致知。因此，朱熹也主张向外追求知识。他说："上而无极太极，下而至于一草一木、昆虫之微，亦各有理。一书不读，则缺了一书道理，一物不格，则缺了一物道理。须着逐一与他理会过。"——朱熹主张一事一物地去穷格物理，而穷理的方法又是学、问、思、辨等形式，是一个由浅入深的过程。学与问是闻见功夫，通过读书论学，评论古今人物，应事接物等途径去认识物理。第二步是思辨功夫。朱熹主张"沉思""潜思"，反复推究和"触类旁通"，通过分析类推，达到内心"豁然贯通"穷尽天下之理的目的。他说："一物格而万理通，虽然颜子亦未至此。惟今日而格一物焉，明日又格一物焉，积习既多，然后脱然有贯通处耳"——这里的"脱然贯通"是建立在"积习既久"不断积蓄知识的基础之上的。

朱熹还对人性问题进行了深刻的论述。在人性问题上，他直接继承了张载和二程的思想。张载把人性分为"天地之性"和"气质之性"两种，认为人性的善恶是禀气不同所造成的。朱熹对此说十分赞赏，认为这个思想"有功于圣门，有补于后学"，"发明千古圣人之意，甚为有功"——二程继张载后，对"天理之性"和"气质之性"做出区别。在张、程思想的基础上，朱熹又全面论证了"天命之性"和"气质之性"的人性二元论。他说："人之所以生，理与气合而已"——"理"与"气"，人生不可缺少——"理"在人未形成之前浑然于天空，于人一旦形成，便附于人体，成为先验禀赋于人心的仁、义、礼、智等封建道德，是先天的善性所在，人人皆有，故名"天命之性"，人体形成之时，必禀此气。由于气精粗、厚薄、清浊、久暂的不同，就产生了善恶、贤愚、贫富、寿夭的不同和性格上的差异。它有善有恶，名曰"气质之性"——上述二性并存于人身，这就是朱熹的人性二元论观点。

朱熹说："人之性皆善，然而有生下来善底，有生下来便是恶底，此是气禀不同"——朱熹又把"天命之性"称为"道心"，把"气质之性"称为"人心"，并断言前者是"善"，后者是"恶"。其根据是《尚书·大禹谟》："人心惟危，道心惟微，惟精惟一，允执厥中"——朱熹认为这十六字是尧、舜、禹的真传，因而特别重视。什么是道心？朱熹说："道心者，天地也，微者精微。"——认为道心就是天理，所以是精微的、至善的，只有圣人才具有。什么是人心？朱熹说："心者，人之知觉，主于身而应事物者也。指其生于形体之私而言，则谓之人心"——人心的特点是"易动而难反，故危而不安"，人心就是"人欲"，"人心者，人欲也；危者，危殆也"——他把人心和人欲相等同，因为它是被物欲所迷惑而产生的邪念，是"恶底心"——所以朱熹认为，道心和人心的关系，就是心中至善之理与邪恶欲念之间的关系。人要去恶从善，就必须用"天理之公"去战胜"人欲之私"。

从这个观点出发，在道德修养上，朱熹提出了"存天理，灭人欲"的主张。这个天理实际上指"三纲五常"等封建道德。他说："所谓天理，复是何物？仁、义、礼、智岂不是天理，君臣、父子、兄弟、夫妇、朋友岂不是天理。"所谓"人欲"，就是受物欲迷惑而产生的私欲，他说："只为嗜欲所迷，利害所逐，一齐昏了"——他认为人欲本是恶的，和人的正常欲望不同。欲望人人都有，饥而思食，寒而思衣的欲望是圣凡共有的。他说："饥食者，天理也；要求美味，人欲也。"又说，"夏葛冬裘，渴饮饥食，此理所当然。才是葛必欲精细必求饱美，这便是欲"——因此欲有善恶，并非全都不好。朱熹对"欲"和"私欲"的区别，是对二程理欲观的修正，他主张保证人民的基本需求，让其生活下去，只有那些过高的欲望，才应该坚决克制。

不过，朱熹把"天理"和"人欲"绝对对立起来，认为"天理人欲不容并立"，"天理存则人欲亡，人欲胜则天理灭"——克得一分人欲，就复得一分天理，当人欲被克尽之日，就是天理流行之时。这就达到了超凡入圣的境界——在文章的前面已经说过，朱熹振兴理学的全部目的是维护大宋这个既虚弱而又达到我国封建社会高度的物质文明和精神文明的经济社会；朱熹理学主要的规范对象是大宋帝国城市里面那些过度穷奢极欲、不顾社稷安危，依然沉醉在金迷纸醉、不知末日即将来临却还歌舞升平、追踪声色犬马生活的大小官僚和不注重扩大再生产的商人。他们掌管政权和经济命脉却不关心国家安危，只图满足自己的私欲也就是"人欲"，如果不提倡"存天理，灭人欲"，任由这帮祸国殃民的东西无休止地折腾下去，必然断送大宋这繁花似锦的大好江山！从这个意义上来说，"存天理，灭人欲"具有一定的积极意义。

而要"存天理，灭人欲"，就要持敬，这是"存天理，灭人欲"的具体路径。在朱熹看来，理学的任务在于教化人们认识天理，自觉维护儒家倡导的政治伦理制度。他又认为，认识天理与礼法制度的过程，乃是一个道德修养的过程，即在认识中从善弃恶，在修养品德中来保证认识过程的推进，使认识论与修养论合二为一。他的持敬说，反映了这一特征，是适应格物致知需要而产生的，并成为保证格物穷理实现的根本条件。因此，他推崇程颐涵养须是敬，进学则在致知二语。他说，二言者夫子所以教人造道入德之大端。敬者，指涵养德性的功夫。朱熹把持敬作为入道的唯一途径——对持敬的地位作用，他说，益为学之道，莫先于穷理，穷理之要，必在于读书，读书之法，莫贵于循序而致精，而致精之本，则又在于居敬而持志。他认为，穷理的大患在于气禀之偏和物欲之乱。气禀之偏，昏浊不明，人则会本心陷溺，义理浸灌不进，也就无法穷索事物之理。物欲之乱，六欲发作，目耽于色，耳耽于声，口耽于味，鼻耽于臭，四肢耽于安逸，意念耽于荒诞，人心便会被私欲所蔽，于是心不定，故见理不得——如何除此先天和后天的二患？他指出：若能持敬以穷理，则天理自明，人欲自消——因此，他对持敬的地位作用简洁概括为：持敬是穷理之本——何以持敬？持敬就是收敛起放纵散逸之心，使心如止水、明镜般地专静纯一，以这样一种心态去读孔孟书和格天下物，穷极其理，而不是闭目塞听、绝物弃智地空寂禅坐。敬有甚物，只如"畏"字相似。指持敬是一种畏然的谨慎恭谦状态，是人与外物相交时随事专一的精神自觉。它使内心处于时刻警醒的常惺惺之中，而不至于身心散漫和行为放肆怠惰。它使人肃容貌于外，整思虑于内，然后心得所存，而不流于邪僻。它还使人无事则安然，临事能应变，因而持敬是极高明的修养方法。朱熹指出，居敬持志与格物穷理之间，是彼此引发的关系，如同人的双足交助作用一样。他说，互相发，能穷理则居敬工夫日益进，能居敬则穷理工夫日益密。然而，持敬比穷理更为根本。因穷理只明天理，持敬则明天理又去人欲。所以，圣门之学，别无要妙，彻头彻尾，只是个敬字而已——朱熹在《经筵讲义》中说明了持敬说的理论来源：主一与庄严整肃，得之于程颐；常惺惺法，得之于谢良佐；收敛，得之于尹淳。谢、尹二人皆二程门人。朱熹吸取了诸人的理论营养，形成其合认识论与修养论的持敬说——如此来看，"存天理，灭人欲"只是表面和形式，持敬则是实质性的。

作为一代大儒，朱熹终生孜孜不倦地读书，认真讲学，善于和不同的学派进行驳难论辩，开一代新的学风。例如，他与陆九渊的"鹅湖之会"就是历史上被广大学者津津乐道的事情——这是发生在宋淳熙二年，即 1175 年，学者吕祖谦为了调和朱熹"理学"和陆九渊"心学"之间的理论分歧，使两人的哲学观点"会归于一"，于是出面邀请陆九龄、陆九渊兄弟前来与朱熹见面。是年 6 月初，陆氏兄弟应约来到鹅湖寺，双方就各自的哲学观点展开了激烈的辩论——会议辩论的中心议题是"教人之法"。陆九渊的门人朱亨道后来记叙道："鹅湖讲道，诚当今盛事。伯恭盖虑朱、陆议论犹有异同，欲会归于一，而定所适从……论及教人，元晦之意，欲令人泛观博览而后归之约，二陆之意欲先发明人之本心，而后使之博览"——所谓"教人"之法，也就是认识事物的方法——在这个问题上，朱熹强调"格物致知"，认为格物就是穷尽事物之理，致知就是推致其知以至其极，并认为，"致知格物只是一事"，是认识的两个方面，主张多读书，多观察事物，根据经验，加以分析、综合与归纳，然后得出结论；陆氏兄弟则从"心即理"出发，认为格物就是体认本心，主张"发明本心"——认为，心明则万事万物的道理自然贯通，不必多读书，也不必忙于考察外界事物，去此心之蔽，就可以通晓事理，所以尊德性，养心神是最重要的，反对多做读书穷理之功夫，以为读书不是成为至贤的必由之路——会上，双方各执己见，互不相让，不欢而散——这次驳难论辩双方针锋相对地进行了 3 天，结果是谁也没有说服谁，各自负气散去。会讲先河，带动了不同学术观点互相间的驳难论辩，共同进步，这确实有益于学术事业健康发展。朱熹一生几乎无一日不读书，自然积累了许多有效的读书法，归纳起来，主要是主张：1. 循序渐进；2. 熟读析思；3. 虚心涵泳；4. 切己体察；5. 着紧用力等——这些都是朱熹通过自身的读书实践而得来经验行之有效的有效的读书方法，值得我们借鉴。

朱熹不仅仅是一个读书人，他还无时无刻为天下社稷着想，体现在他的经济学思想之中。比如，立足于"恤民"思想，提倡开源节支，减轻赋税，使憔悴困穷之民，有更生的指望；整顿赋税名目，除尽正税之外的赋税，减轻百姓负担；治理盐税，有利于国家也有利于老百姓；力倡节用财政，主张裁减军用，屯田，消减俸禄；注重救荒赈民，改革差役，增加货币，强调以农为本，设想用新井田来发展农业——这些富有建设意义的经济思想是值得认真地予以研究的。

朱熹一生的建树，主要表现在他为适应中国封建社会后期政治的需要，建立了一个博大而精深的理学体系，又被称为新儒家。这是以儒家政治伦理为中心，广泛吸取和糅合佛、道思想建立起来的，清人全祖望在《宋元学案》里说：朱熹的学说"致广大，尽精微，综罗百代"——这确实是很好的评价。朱熹的学说，自南宋末年历经元、明、清三代，各个王朝都把其学说定为指导思想，并从元朝开始，朱熹的《四书集注》和其他经学注释就被定为科举考试的依据，他的言论几乎成了判断是非善恶的最高标准。因此，中国封建社会后期的儒家思想，实际上就是朱熹的理学思想——而且，朱熹也对世界哲学思想的发展起到了极大的推进作用。

说王阳明

　　王阳明是我国古典哲学史上最伟大的哲学家和思想家之一，与孔子、孟子、朱熹相并肩。他生于政治腐败、社会动荡、学术颓败的明代中后期，试图力挽狂澜，拯救人心，致力于"身心之学"，倡良知之教，修万物一体之仁。官至南京兵部尚书、南京都察院左都御史，因平定宸濠之乱等军功被封为新建伯，隆庆年间追封侯爵。

　　于是，打点起精神，静下心来，点燃一炷檀香，在袅袅升起的淡蓝色轻烟里，开始逐卷阅读《阳明先生集要》，边读边思，犹如春深时分的秦岭山脉，一路逶迤，鸟语花香，万紫千红……著作中的语言明白晓畅，接近于宋人的口语，却能把艰深的道理条分缕析讲得透彻，有的段落简直就是绝美而充满机趣的小品文，引人入胜，欲罢不能——阅读就在这样良好的心态下进行，而且，还不断扩充阅读的范围，涉及王阳明传记和一些研究资料。一个愈来愈丰满生动的形象也随之在眼前树立起来了：这是一个满脸肃穆、庄严端庄而又雄才大略、善于经营天下、身材清癯、刚正倔强的人，他给这个世界留下了异常丰富的思想和精神资源。

王阳明不甚注重著述，把自己全部心力投注到心学上——他不像朱熹那样刻苦写作，留下了巨量的文字著作，而是大力弘扬和倡导心学——也就是注重伦理道德，关注人的精神世界，这不但是王阳明哲学观点的显著特征，也是我国古典哲学的显著特征——也是区别起源于古希腊努力探讨人与自然的关系的西方哲学主要标志——正当王阳明沉浸在构筑自己的心学哲学体系的时候，欧洲已经进入文艺复兴时代，已经可以遥遥地看到地平线上新的世界初升的灿烂阳光，而这初升的灿烂阳光以理性为内质，不可遏制地焕发出无限生机——世界沿着科学、民主的大路从一个落后的社会形态走向一个先进的社会形态……不可否认的是，不曾以贯注着理性精神内质的哲学为旗帜，而是强调走向精神内部世界的哲学，其前进的脚步注定是缓慢而凝滞的——如果说要从哲学与精神的层面分析近代我国发展相对滞后的原因，也许其实质就在这里。

　　王阳明全部学说的根本，在于直接从人的本心上用功夫，所以，称为心学。宋代哲学家陆象山主张：圣贤之学就在直指本心，而摒弃训诂辞章等支离小道，宣称："宇宙便是吾心，吾心便是宇宙"——他把整个宇宙真理，纳入人心之中；以为宇宙有永恒不变的真理，这真理就在我们的本心。这个不变的心，就是沟通宇宙和自己的桥梁，且四海之内，千百世以下，莫不心同理同。王阳明也认为心就是理，主张"心外无理，心外无事"，这一点和陆象山大致相同——于是，人们以为王阳明承接了陆象山的余绪，且有所推衍发扬，并称他们为"陆王"。王阳明的心学有三大纲领：心即理，致良知，知行合一。

　　心即理，是王阳明心学的逻辑起点。可以这样说，心即理既是他的哲学思想的理论基础，也是他的宇宙观。这里所谓心，同朱熹一样，不是单指物质器官，而且指主体精神。他特别强调，不能把心理解为一团血肉。他说：心不是一块血肉，凡知觉处便是心。如耳目之知视听，手足之知痛痒，此知觉便是心也。身之主宰便是心，心之所发便是意，意之本体便是知，意之所在便是物。耳目口鼻四肢，身也。非心，安能视听言动？心欲视听言动，无耳目四肢亦不能。故无心则无身，无身则无心。但指其充塞处言之谓之身，指其主宰处言之谓之心。身之主宰便是心与程、朱的说法类似。但程、朱所说的心主要指腔子里的血肉之物，是一种客观存在的物质实体。而在王阳明的理解中，心已不是物质的存在，而是人的主体精神，它可以主宰人身，化生万物。

王阳明所说的"心"，就是孟子的本心，也就是朱熹的天心与道心；"理"就是我们的心去应接事物的道理，也就是天理。这天理由天心而发，所以天理就在我们心中。只要此心不被私欲遮蔽，就充满了天理，不须由外边增添一分，也绝不外求于他事他物。"心即理"等于说"良知就是天理"，这是他的心学哲学的本体论，由此得出"致良知"说。

良知这个概念，始于孟子，但王阳明的良知与孟子的良知有所不同。孟子曰："人之所不学而能者，其良能也；所不虑而知者，其良知也。"（《孟子·尽心上》）——孟子的良知指一种天赋本能，包括恻隐之心、羞恶之心、辞让之心、是非之心等，但不是指生命中最根本的"东西"，不是指生命本性。它仍属于本性之作用。比《中庸》中"诚"之概念仍低一些。在孟子那里，良知为人所独具，禽兽是没有的；在王阳明那里，良知为宇宙万物所共有。这显然是从本性、本体的层面论良知的。孟子良知和王阳明的良知相通，有很多共同点。

所谓"知行合一"，不是一般的认识和实践的关系："知"，主要指人的道德意识和思想意念；"行"，主要指人的道德践履和实际行动。因此，知行关系，就是指的道德意识和道德实践的关系，也包括一些思想意念和实际行动的关系。

王阳明用四句话概括其为学宗旨："无善无恶心之体，有善有恶意之动，知善知恶是良知，为善去恶是格物。"这就是著名的四句教——这四句话的意思是：心的本体晶莹纯洁、无善无恶；但意念一经产生，善恶也随之而来；能区分何为善、何为恶这种能力，就是孟子所说的"良知"；而儒学理论的重点之一就是——格物，在这里就是"为善去恶"。这真是画龙点睛，简易直接，不偏有，不著空，直趋中道——这是王阳明哲学思想的高度概括和凝练总结。

经学家的散文

经学，是指诠释和阐明义理的我国古典文化里的儒家经典的学问，也指古典主流学术研究。西汉时期，经学开始发展起来，主要的途径有两条：一条是"置《五经》博士"，专门从事经学研究；另一条是把经学放置在其他学问之上，"罢黜百家，表彰《六经》"，同时，还"兴太学"设立了经学研究机构。这些举措，与汉武帝在政治上要求高度专制和为了建立与其相适应的意识形态有关。

经学这门学问，固然是古代社会不断强化国家意识形态的需要，也是树立主流文化和建设日常伦理道德的需要。不过，在经学的长期发展过程中，逐渐形成了我国特色的以研究诠释和发扬经学思想的散文体系——这就是经学家的散文。

经学家的散文概念的提出，应该属于古典散文史学者陈柱先生，他在《中国散文史》里专门论述"经学家之散文"。他认为，"汉自武帝崇尚儒术，通经之士日众，汉之能文者几无不通经"，最杰出的代表是董仲舒和刘向。确实如此，董仲舒的散文精华不在他的《春秋繁露》，而是《汉书》收录的《贤良策对》这"三策"，围绕着"推明孔氏，抑黜百家"和"立学校""举茂才、孝廉"等问题，语言端庄委婉而又词意坚决，酣畅淋漓却又不失节度，从"天人合一"和讲求"阴阳""灾异"等角度论述了自己的观点，文气上下贯通，简明扼要，实在是非常优美的散文之作。他在《贤良策对一》中论述道：

> 臣谨案《春秋》谓一元之意，一者万物之所从始也，元者辞之所谓大也。谓一为元者，视大始而欲正本也。《春秋》深探其本，而反自贵者始。故为人君者，正心以正朝廷，正朝廷以正百官，正百官以正万民，正万民以正四方。四方正，远近莫敢不壹于正，而亡有邪气奸其间者。是以阴阳调而风雨时，群生和而万民殖，五谷孰而草木茂，天地之间被润泽而大丰美，四海之内闻盛德而皆徕臣，诸福之物，可致之祥，莫不毕至，而王道终矣。

董仲舒一气呵成，旗帜鲜明，推理和论证都具有不可辩驳的逻辑力量，充满了思想的阳刚之气和浩然之气，读来淋漓尽致，畅人胸臆。他的"三策"开经学家散文之端，启后世散文别成一体，其功不可没。

刘向的《谏起昌陵疏》则从历史和现实几个方面论述不宜"厚葬"的道理，文章词美而情感浓厚，读过令人赞叹不已。其中的这节论述：

> 昔高皇帝既灭秦，将都洛阳，感寤刘敬之言，自以为德不及周，而贤于秦，遂徙都关中，依周之德，因秦之阻。世之短长，以德为

效，故常战栗，不敢讳亡。

刘向在这节论述里说明了德在治理国家中的重要作用，讲求德治是长治久安的根本策略。他的散文以历史事实为论据来说明要阐述的理由，文章排山倒海，很有气势。

经学家散文，除去以上两位，还有贾谊。贾谊的散文代表作有《过秦论》《论积贮疏》《陈政事疏》等作品，鲁迅曾经称之为"西汉鸿文"。可惜，贾谊很早过世，不然，其散文艺术成就当会更高。有人说，汉代散文"贾茂董醇"，这是什么意思呢？除去董仲舒不说，就贾谊而言，其散文"根本盛大，枝叶扶疏"，才华纵横，气韵盈满，犹如江河奔涌，呼啸而来。还有一位，因为在史传散文方面独领风骚，很少把他归入经学散文家，然而，这也挡不住他的经学散文的光芒，这就是伟大的司马迁。据说他曾经跟随董仲舒学习，而董仲舒特别精研《春秋公羊传》，长期濡染，其思想与文风不能不受以主要阐发《春秋》"微言大义"的这部经籍的影响。司马迁的《报任安书》就闪耀着《春秋公羊传》善于把议论与情感水乳交融一般结合起来的神采，在这篇文章里，他把身世际遇以及忧心天下的悲苦伤恨交织在一起，潮汐涌浪，横空而来，给人强大的艺术感染力。

西汉时期，国力强大，文化呈一片兴盛气象，散文也得到了相当程度的发展，主要表现在史传散文与经学家散文成就异常显著。其后者，还有恒宽整理的《盐铁论》和班固整理的《白虎通义》等典籍。《盐铁论》虽然记载的是桑弘羊与民间的"贤良""文学"关于盐铁是继续由国家统一经营还是交付民间经营的问题，也就是实行国家主义经济还是实行自由主义经济的思想交锋，实际上，这是一场张扬儒学观念的激烈辩论。这些"贤良""文学"秉持经学思想，针对当时社会存在的政治经济矛盾和民生问题，提出了一整套的治理方案，其中有迂腐不切现实的社会构想，却描绘出以儒学思想为指导的关注老百姓为重的生活愿景。比如，当大夫借用管仲与陶朱公在经商方面的成功来贬低儒生百无一用时，"文学"先引用颜回、孔子苦寒和不容于世为例，说明贫穷不是衡量人的标准，继而怼道："公卿积亿万，大夫积千金，士积百金，利己并财以聚。百姓寒苦，流离于路，儒独何以完其衣冠也？"这些对答非常精彩，也可以视为经学家微型散文。《白虎通义》，继承了董仲舒《春秋繁露》"天人合一""天人感应"的学说，并加以发挥，把自然秩序和封建社会秩序紧密结合起来，提出了完整的儒学世界观，很好地表述了儒家学说，特别是儒家学说面临新的社会实践和理论发展情况下如何选择前进路径的理论探索，文笔优美，论述有力，达到了经学家散文的一个巅峰。

经学家散文的发展不是一帆风顺，也有顿挫，也有徘徊，这与当时的时代和社会境况有关，有起有伏，然而不绝如缕，进而辉煌光大。佛学自从东汉末年传入东土以来，逐渐兴盛起来，不但逐渐与道家学说靠近，也逐渐与儒家学说交会，成为显学，也为我国魏晋时期和南北朝以及隋唐的哲学思想注入了新鲜的血液，激发了我国古典文化的自我更新。尽管如此，由于儒家学说固有的以"仁"为精神内核的强大生命力，经学始终是占主导地位的学术与思想。唐代的韩愈，应该是我国7世纪经学散文的又一个巅峰。他与同时代的柳宗元名列"唐宋八大家"。

韩愈开一代文风，努力提倡"古文运动"，强调散文写作应该回到"百家争鸣"的春秋战国时期，主张"文以载道"。不过，值得注意的是，他的散文写作的思想理念绝不迈出儒家学说的藩篱，所谓"复古"，实际上是排斥当时唐代社会日渐兴隆的佛学和道家学说，恢复经学的精神血脉，所以，他的散文比较纯正——《原道》《原性》《原毁》《原人》等篇自不必说，更为人知的散文名篇《论佛骨表》《送东阳马生序》《师说》等也都洋溢着醇厚的儒家思想。柳宗元的散文却不是这样，虽然其深层思想构架还是经学，可是，在他的散文写作中，不乏佛学和道家的思想色彩，即以"永州八记"而言，便可窥其端倪。韩愈的经学家散文影响了我国后世的散文写作，苏轼曾经这样评价："文起八代之衰，而道济天下之溺。"——这是说，韩愈的散文挽救其自东汉和魏、晋、宋、齐、梁、陈和隋以来，经学受到玄学、道家学说和佛学的冲击，风光有所减弱的局面，企图恢复儒家学说的新气象，不能再走脱离实际讲究辞章早就被汉代扬雄讥讽为"雕虫小技"的赋的写作道路，提倡散文写作要关心人间的疾苦和揭示当时重大的社会矛盾和反映现实生活。

经学家的散文，很显著的艺术特征是在倡扬儒家学说的同时，特别讲究文章的端庄和雍容之气，很少使用华丽的辞藻，语言平和而内容深邃，不大追求事实与景物的叙述和文势的曲折，尽力内敛，始终保持着思想的艺术张力。这是宋代经学家散文区别于非经学家散文的质的分野。范仲淹是北宋初期最为著名的经学家散文写作者，他重视文章的政治教化作用，关系到社会风俗的醇厚讹薄和国家的兴衰成败，反对宋初文坛的柔靡文风，提出了宗经复古、文质相救、厚其风化的文学思想。在散文创作上，凸显儒家的经世济民观念，其《上政事书》一经问世，则"天下传诵"。他在《奏上时务书》里说到"请救文弊"：

> 臣闻国之文章，应于风化；风化厚薄，见乎文章。是故观虞夏之书，足以明帝王之道；览南朝之文，足以知衰靡之化。故圣人之理天下也，文弊则救之以质，质弊则救之以文。质弊而不救，则晦而不彰；文弊而不救，则华而将落。前代之季，不能自救，以至于大乱，乃有来者起而救之。故文章之薄，则为君子之忧；风化其坏，则为来者之资。惟圣帝明王，文质相救，在乎己不在乎人。

这里称赞"虞夏之书"而不看好"南朝之文"，其实质是提倡复古，要求文章革新，这是进步的散文观点。特别是他的《岳阳楼记》中"不以物喜，不以己悲"和"先天下之忧而忧，后天下之乐而乐"，升华了儒家的"家国天下"意识和崇高的精神境界。欧阳修也是一位彻底的儒家，他继承了韩愈的古文理论，促进了北宋诗文革新运动。他认为儒家之道与现实生活密切相连，主张文道并重的散文观。特别是欧阳修一改有些经学散文家的正统笔法，大胆对前代的骈赋进行了革新，去掉排偶和限韵的僵硬规定，解放了文体，并率先写出了脍炙人口的《秋声赋》，他的《醉翁亭记》也达到了非常高的艺术境界。

我国 10 世纪中后期至 11 世纪中后期，是一个人才辈出的时代，不但出现了许多优秀的文学家，也出现了许多优秀的经学家。遑论前者，就后者来说，周敦颐、张载以及二程等，都出现在这一时期。周敦颐的哲学思想以及后来者的哲学思想，和之前的儒学有了一个鲜明的区别，多少掺和了佛学和道家学派的东西，开启了我国哲学思想的一个新时代，这是他们对我国精神文明的巨大贡献。传统的经学到此也出现了大的转折，也就是说，经学逐渐除去继续文字训诂、文化价值衡量和典章制度的考辨等学术研究，还大量地引进新的思想哲学资源来诠释儒家经典——道学（理学与心学）时代降临了。

任何学说的发展都要吸收新鲜的思想哲学养料才能与时俱进，否则，就会逐渐枯萎和失掉创新进步的活力。同样地，儒学发展到宋代，要与其时的社会政治经济文化和现实生活相适应，就要革新，这些学者自然肩负着革新的历史使命。经学散文的风格也发生了新的变化。周敦颐的《爱莲说》和两汉及唐代的经学家散文相比，无论从内容还是思想的内质上都要轻灵得多了，把固有的凝重与纯粹的精神击破之后，显示出前所未有的风貌——思想与哲学理念的表达上有了佛学的意蕴不再是单纯的儒家学说底色了，莲的"出污泥而不染"精神，必定与儒家积极入世思想有了一定的距离，从此，这些新的经学家走上比较纯粹的理性的或者精神的学术道路……这些道学家的散文已经没有前经学家散文关注社会重大矛盾和现实生活的态度了，而是极力追求个人精神的完美无缺和个人人格的高尚。

与此同时的经学家，后来开创了与濂、洛、闽学派并肩的关学流派的张载，他的散文气象与周敦颐甚至二程有着明显的不同，他的理想是"为天地立心，为生民立命，为往圣继绝学，为万世开太平"——这是非常宏伟的个人抱负。究竟怎样才能达到这样的理想境界呢？张载苦苦研究之后，写出了震惊学界的《西铭》，他很好地阐发了儒家思想，以孝为出发点，用孝道来建立家庭秩序，乃至社会秩序和宇宙秩序，三者是一体化的。这篇文章不长：

> 乾称父，坤称母；予兹藐焉，乃混然中处。故天地之塞，吾其体；天地之帅，吾其性。民，吾同胞；物，吾与也。大君者，吾父母宗子；其大臣，宗子之家相也。尊高年，所以长其长；慈孤弱，所以幼其幼；圣，其合德；贤，其秀也。凡天下疲癃、残疾、惸独、鳏寡，皆吾兄弟之颠连而无告者也。于时保之，子之翼也；乐且不忧，纯乎孝者也。违曰悖德，害仁曰贼，济恶者不才，其践形，惟肖者也。知化则善述其事，穷神则善继其志。不愧屋漏为无忝，存心养性为匪懈。恶旨酒，崇伯子之顾养；育英才，颍封人之锡类。不弛劳而厎豫，舜其功也；无所逃而待烹，申生其恭也。体其受而归全者，参乎！勇于从而顺令者，伯奇也。富贵福泽，将厚吾之生也；贫贱忧戚，庸玉汝于成也。存，吾顺事；没，吾宁也。

这是令人甚是喜欢的文章，深刻地阐明了宇宙、社会和家庭的关系，也揭示了人生的意义与价值，特别是文末的"存，吾顺事；没，吾宁也"这两句，真正达到了知天顺命的自由而高远的精神境界！程颐读后，感叹道："自孟子后，盖未见此书。"这确实是很高的评价。这也是经学家散文杰出的巨作。关学流派经过元明清一直绵延不绝，最近出版的《关学文库》收录了 29 位关学学者的文集，除去其思想哲学意义不提，就其文学艺术而言，文章风格追随张载，不事雕琢，文风朴实，而情感浓烈，以天下为己任的精神令人感动不已。

朱熹是道学的集大成者，也是理学的主要开创者之一。他的"理"，以儒家伦理思想为核心，吸取了道家有关宇宙生成、万物化生和佛教的思辨哲学，认为"理"是宇宙间的最高本体和万物产生的本源，其治经多以诠释义理兼谈性命为主，特别是为二程从儒学经典里提炼出来的"四书"进行学术诠释，并在诠释的过程中不断阐发自己的学术思想和意见，把经学推向了一个新的高峰。他的散文写作也很优美，深受韩愈、曾固的影响，强调文质兼顾，是宋代经学家散文的大家之一。他的《壬午应诏封事》《送郭拱辰序》以及《江陵府曲江楼记》《楚辞集注序》等都是很好的散文。在《百丈山记》里，朱熹写道："日薄西山，余光横照，紫翠重迭，不可殚数。且起下视，白云满川，如海波起伏。而远近诸山出其中者，皆若飞浮来往。或涌或没，顷刻万变"——状山水之景，如在眼前，且语言出神入化如同柳子之笔法。《诗集传序》里谈到"诗"时，有这样的话：

诗者，人心之感物而形於言之余也。心之所感而邪正，故言之所形有是非。惟圣人在上，则其所感者无不正，而其言皆足以为教。其或感之之杂，而所发不能无可择者，则上之人必思所以自反，而因有以劝惩之，是亦所以为教也。

把"诗"的产生与教化作用透彻地表达出来，具有强大的内在逻辑力量和高度辐射的思想能量。朱熹的著作等身，既可以视之哲学论著，也可以视为经学家散文作品，阅读之后收获巨大。

与朱熹的经学学术观点与治学方法不同的哲学家陆九渊，则是

"心学"的代表人物。他与朱熹曾经有过"鹅湖论战",互相辩难,各不相让。到了明代,"心学"为一代伟大的思想哲学家王阳明所传承。王阳明坚持"知行合一"学说,后来发展至"致良知",这是他对"龙场悟道"所得"心外无理,心外无事"和"知行合一"的高度概括。其根本仍然是加强儒家学说的"孝""悌"等伦理道德,这并无出新之处。但是,由于王阳明强调了"心自然能知"的观点,认为"心"所"自然"地做出反应、选择就是"良知"的体现,而这种反应、选择应该去追求和活动,社会应该予以宽容而不应该阻碍,这是他的思想哲学独特的地方。因此,王阳明的文章几乎都围绕着他的"心学"观点进行阐述,一层深过一层。他的著作多是语录体,而且其中常常是对话体裁,生动活泼,收放自如,增强了阅读兴趣。例如,他谈到"六经皆史"的论说:

爱曰:"先儒论《六经》,以《春秋》为史。史专记事,恐与五经事体终或稍异?"先生曰:"以事言谓之史,以道言谓之经。事即道,道即事。《春秋》亦经,五经亦史。《易》是包羲氏之史,《书》是尧舜一代史,《礼》《乐》是三代史。其事同,其道同,安有所谓异?"

这段对话非常简练,三言两语就说清楚了为什么"六经皆史"的道理和缘由,其语言口气塑造了鲜明的人物形象,没有长篇的引经据典,也没有繁琐的诠释,寥寥数语就把道理讲明白了——这在散文上可谓白描艺术。王阳明不愧语言大师。他的《瘗旅文》和《教条示龙场诸生》收入《古文观止》。

从两汉到明代漫长的历史过程里，经学也随着时代发生了变化和革新，董仲舒、韩愈、范仲淹和欧阳修等至北宋这一帮道学家的兴起为止，这应该是比较纯正的经学研究时期。这一时期，经学家努力倡扬儒家学说，更重要的是以儒家思想哲学理念来面对国家和社会重大矛盾以及企图解决现实生活中老百姓的民生问题，是为天下谋取利益，具有强烈的担当精神，胸怀宽广，视野辽远，其散文作品多反映其治理社会的经略，黄钟大吕，旋律昂扬，令人神往。而北宋道学家开始一直到王阳明，其中无论是朱熹还是其他人物，逐渐退入个人内心，不再具有前代经学家的气魄和现实主义精神，格局愈来愈褊狭了，缺少了积极拥抱现实生活的昂扬奋发精神，转入个人的品行道德修养。无论是理学还是心学，给我国的思想哲学涂抹上黄昏的色彩。

这一局面，直到清代初期，由于顾炎武、黄宗羲和王夫之等经学家的出现，才有了新的转机，似乎经学研究可以接续上北宋之前的历史阶段了。顾炎武是清初继往开来的一代宗师，其学问渊博，涉及面很广，于国家典制、郡邑掌故、天文仪象、河漕、兵农及经史百家、音韵训诂之学，研究甚深，治经重视考证，开清代朴学之风。其主要著作有《日知录》《天下郡国利病书》《肇域志》《音学五书》《亭林诗文集》等。他的散文，以谈论学问为多，例如《与友人书》里，有这样一段话就很典型：

人之为学，不日进则日退。独学无友，则孤陋而难成。久处一方，则习染而不自觉。不幸而在穷僻之域，无车马之资，犹当博学审问，古人与稽，以求其是非之所在，庶几可得十之五六。若既不出户，又不读书，则是面墙之士，虽有子羔、原宪之贤，终无济于天下。子曰："十室之邑，必有忠信如丘者焉，不如丘之好学也。"夫以孔子之圣，犹须好学，今人可不勉乎？

在这封书信里，顾炎武谈到了做学问的态度与方法，提出了"博学审问，古人与稽，以求其是非之所在"的学习路径，语言质朴，辩证论述，对人很有启迪。又如，另一则《与友人书》：

> 君诗之病在于有杜，君文之病在于有欧韩，有此蹊径于胸中，便终身不脱"依傍"二字，断不能登峰造极。

顾炎武直指友人的诗作与文章存在的弊病在于"有杜"，在于"有欧韩"，摆脱不了模仿杜甫以及韩愈、欧阳修，唯独缺少自己，这是为诗为文的大忌，大树底下不长苗。要有区别于任何人的独立的艺术品格才是真正的创作。顾炎武的散文文体，书信最多，其次还有一些序跋之类。不过，他的散文、书信也好，序跋也好，甚至写的"记"，如《五台山记》《裴村记》《复庵记》等，也写得很是朴实，毫无一点摇曳之处。这也许是学者散文的特点吧。然而，这个特点却丧失了散文虚实相间的艺术要求，读来甚是费力气。

黄宗羲由经学出发成为政治思想家和哲学家。他提出"天下为主，君为客"的观点，认为"天下之治乱，不在一姓之兴亡，而在万民之忧乐"，主张以"天下之法"取代皇帝的"一家之法"，从而限制君权，保证人民的基本权利，具有民主的意义。他著作很多，主要是《明儒学案》《宋元学案》《明夷待访录》等著述。我非常喜欢读黄宗羲的《明儒学案》《明夷待访录》。一直把这两部书当作散文来读。前者创我国学术史的一种新文体"学案体"，他把本来枯燥的学术思想和观点，写得风生水起，其笔下的学者栩栩如生，其学术精粹也摘要存录。后者猛烈抨击封建专制，悉心涉及未来新的世界，闪耀着民主主义的思想光辉，读来令人满心光明。黄宗羲治学，重视史学。他说：

> 明人讲学，袭语录之糟粕，不以《六经》为根柢，束书而从事于游谈。故授业者必先穷经，经术所以经世，方不为迂腐之学，故兼令读史。

这是黄宗羲的治学门径，极力纠正明代的"束书而从事于游谈"不认真读书的缺陷，以读史为基础，特别是在国破家亡的重要时期，读史可以激发起强烈的民族意识。

王夫之与顾炎武、黄宗羲并称明清之际三大思想家。其有《周易外传》《尚书引义》《读通鉴论》《宋论》等著作。这三大思想家，以儒家学说为仪轨，并能结合社会现实生活提出新的学术主张，这也是我国经学发展生生不息的内在原因。最先阅读王夫之的《宋论》这部书，这是他的历史散文，共十五卷。与顾炎武和黄宗羲一样，王夫之也非常重视历史著作的阅读，以史为鉴，对汉民族思想文化以及政治制度进行了深刻反思。文笔凝重，叙事层次分明，条理清晰。如卷一的"太祖"中有这么一段话：

三太祖勒石，锁置殿中，使嗣君即位，入而跪读。其戒有三：一、保全柴氏子孙；二、不杀士大夫；三、不加农田之赋。呜呼！若此三者，不谓之盛德也不能。德之盛者，求诸己而已。舍己而求诸人，名愈正，义愈伸，令愈繁，刑将愈起；如彼者，不谓之凉德也不能。求民之利而兴之，求民之害而除之，取所谓善而胥民从之，取所谓不善而禁民蹈之，皆求诸人也；驳儒之所务，申、韩之敝帚也。

这段话追述了宋太祖给后世君王的"戒"，接着王夫之紧扣这一主题进行了议论，波澜横起，深刻而有力。与顾炎武、黄宗羲相比较，王夫之的历史散文讲究章法，语言饱含激情，文气十足，胜顾、黄两人一筹。

明代的王阳明的心学，到了清代早已失去了初创时期的精锐劲头，流弊也逐渐出现，引起学者们的抵抗，不断进行反思与批判，顾炎武奋臂起而建立朴学，企图挽救起我国经学事业——也就是思想学术事业，犹如中流砥柱，伟岸壁立。此后，宋学虽然不绝如缕，但是崇尚经世致用之学成为主流，经学也在不断发展。不过，与文学特别是散文艺术渐行渐远，很少需要这样的文体来表达经学的思想哲学观念以及诠释经典和纯粹学术性的训诂、考据、金石等学问了，经学家散文也不免式微。不过，经学家散文曾经在我国散文史中是一个美丽的客观存在，"重重帘幕密遮灯"，不管注意还是不注意，经学家散文仍然在散发着属于自己的芳香，值得我们予以关注和研究。

读书且先识字

　　读书，首先要识字，这是常识，也是读书的先决条件。不识字，是不能读书的。识字，是读书的前提。这个道理很明确。

　　识字，这是读书的基本功，没有这个基本功，是读不了书的。当年，鲁迅先生和他的二弟周作人，留学日本，得暇，专门拜章太炎先生识字，在东京国学讲习所听章太炎先生讲《说文解字》，周氏二兄弟学得很是认真，一生对章太炎先生执弟子礼。更令人感动的是，鲁迅先生写出《关于太炎先生二三事》之后，在他临终前二日，其绝笔竟然还是追念老师的《因太炎先生而想起的二三事》，可见师生情谊之深，令人动容。前篇是鲁迅先生散文作品的名篇，收录语文教材。20 世纪 70 年代中期读中学的时候，我就学习过这篇文章，也是从这里知道了章太炎先生。进而搜寻先生的著作，可惜的是，那个年月，要得到先生的著作是非常非常困难的事情。这个先不说了。

　　章太炎先生，字炳麟。他不但是革命家，还是名闻遐迩的古文字和音韵学大师，他这方面的研究独步一时。一向提倡研究国粹的胡适在《五十年来中国之文学》中是这样评价他的："章炳麟的古文学是五十年来的第一作家。"这里，应该把"第一作家"置换成"第一学者"就很好了，也便于现在人们理解和接受。那时候，称誉是"作家"的，主要着眼于其学术贡献的创新性上，和目前我们所谓的作家的含义略有不同之处。一直到前几年，中华书局才整理出版了《章太炎说文解字授课笔记》这部书，这就是当年章太炎先生给鲁迅先生他们讲课用的讲义，沉甸甸的精印本，也是我经常翻阅学习的书籍。

鲁迅先生的国学是很有根基的，他的《从百草园到三味书屋》就生动地记载了他儿童时代学习经籍的故事。这不简单，不是说鲁迅先生局限于学习"蒙学读物"，而是说他小小年纪就已经在学习"经籍"了，从他们背诵的"仁远乎哉我欲仁斯仁至矣"以及"上九潜龙勿用"等课文来看，学习的内容就包含了《周易》《论语》等"经籍"，也就是说，鲁迅先生的识字能力应该是很好的了。然而，为什么他还要跟随章太炎先生学《说文解字》，也就是学识字呢？

这里面的原因应该是：

其一，治小学学问。

其二，还是为了更好地读书。

说到小学，这是传统文化里专门研究古文字和古音韵的学问，这是一门非常冷僻的学问，涉足的人很少，几乎成为绝学。章太炎先生是小学的大师，也培养出黄侃、钱玄同、许寿裳、朱希祖、刘文典、沈兼士、马裕藻、吴承仕等学生，特别是黄侃继承了他的学说，史称"章黄学派"流传至今，薪火不绝。

鲁迅先生保持了一生对小学的热爱，收藏有研究古文字类的书籍多达 176 种，从中不断地学习领悟古文字，千方百计地增加自己的识字量，不单单是满足自己的学术兴趣，更重要的是为了读书。鲁迅先生阅读和浏览过多少书籍，没有一个很确切的数字，但是，据《鲁迅日记》记录的"书账"，从1912年至1936年，共购书9600册，这是巨大的藏书量了。正因为鲁迅先生如此识字和读书，才有了非凡的文学创作成就。

很简单的道理，书是文字构成的世界，不认识字就读不了书，这是肯定的。要读书，就得先识字。现代小学的语文启蒙教育，关键是识字教学，一个人认得两三千字，就可以阅读一般的报刊和书籍了。这两三千字只是读书的基础而已。要读文化层次较高的书，需要继续扩大识字量，否则，还是阅读不了的。这个道理古代人早就明白了的。比如，十三经里就把《尔雅》收录进去，为什么呢？《尔雅》本来是一部字汇集，专门解释商周以来古典经籍里的字义的工具书，也就是帮助识字用的。要是不掌握《尔雅》里所涉及的字，不能彻底弄清楚字的音形义，也就无法读当时的书籍。可见，识字非常重要。这里所指的识字，不是一般的识字，而是要知道字的本原和歧出的意思，知道了才能顺利地读书——否则，即使可能认识某些字，却不知道在书籍中的确切含义，读了也是白读。

具有这种识字的本事，自然就比一般的识字前进了许多层次。19世纪与20世纪之交，王懿荣先生偶尔从中药材里发现带有字痕的"龙骨"，进而开始研究，揭开了我国古文字的奥秘。破解甲骨文成为其时的显学之一。在这方面有"甲骨四堂，郭董罗王"一时领先，他们识字最多，破解了不少的甲骨文，且都有专著问世。从1899年算起至今，已经过去了百余年，目前破解的甲骨文有1500字，还有大量的字迹不曾破解出来。这就是说，要等待识字专家来继续破解。前不久，中国文字博物馆发布悬赏公告，若是能破解一个甲骨文字符，奖励 10 万元。这也是破天荒的事情，把识字一下子提高到这样的水平，看来识字多么重要。据说，破解出甲骨文的一个动词和名词，就可以识读不少成篇的甲骨文，从而可以了解到殷商和周朝的许多社会生活情况，意义非常重大，自不多言。

当然，并不是说，要读书，先研究小学，成为像章太炎先生那样的古文字专家后再捧卷不迟，错也，而是说至少得有点文字功底，这样读起书来就容易些，起码能正确理解书籍里的内容，而不是"误读"——虽然，西方的学者讲求对经典作品的"误读"，不过，他们提倡的"误读"是一种研究文学的方式。这里所说的"误读"，是指对书籍里的文字的理解偏差甚至完全颠倒的真正意义上的"误读"，这是非常害人的读书！

读书且先识字，不识字何以读书。然而，究竟识多少字才能读书呢？以古典经籍为例，《论语》中不同的字有 1351 个，《汉书》出现了 5897 个不同的字，《孙子兵法》则有 760 个不同的字——不是说出现的不同的字认识得越多就越能读明白，根本不是这样的，而是要看这些字冷僻不冷僻，冷僻的字不好阅读，一般的字并不构成阅读障碍。元代的散文家刘将孙在《养吾斋集》卷二十一里说，日常用汉字 5000～6000 个，另有 2000 个较少使用的汉字和冷僻字。他的意思是，只要掌握了这些汉字，就可以读书了，读经籍，读诗赋，是应该没有问题的——是不是没有问题，也不敢说绝对的话。我国的汉字到底有多少个，目前也没有定数，《说文解字》收录不同的字 9353 个，

《康熙字典》收录了47035个，据说，现在还有大约5000个甲骨文字符待解呢。这么多的汉字，一辈子也认识不完，难道书就不读了？

汉字是认识不完的，书还是要读的，怎么办？读几本最基本的书籍，这是非常重要的事情。以章太炎先生的弟子黄侃为例，此人很狂，一般人是看不上眼的。据说他在北大上课，是不屑胡适这派新文学勇士的人。但是，他读书很认真，自然与他有深厚的汉字研究功底有关，识得不少冷僻字，也能把经籍中的一些疑难问题诠释清楚。黄侃曾经扬言，"八部书之外皆狗屁"，八部书是指《诗经》《周礼》《左传》《史记》《汉书》《说文》《广韵》《文选》——这话说得很符合他的专业研究方向，也是他读书的选择，至少有这几部经籍垫底，再阅读其他书籍自然就顺当多了。如果没有基本经籍垫底，可以肯定地说连读书的门都没有人。就是胡适先生这派新文学勇士，其古典经籍的研究也是一流的水平，他的《中国哲学史大纲》和晚年专注于校注《水经注》就是很好的证明。可见，读书读元典的重要性，不是读二手、三手，甚至鸡鸣狗盗的东西就自诩为读书人的人所能望其项背的。

虽然汉字永远也认识不完，但不断在读书中认识是可以做到的。读书，特别是读经籍，须得一字一句地读。曾经购到黄侃先生的《黄侃手批白文十三经》，上面的朱笔圈点以及正误和认真的批语，一丝不苟，足以令人想见其读书之认真。读一书，从头至尾，有始有终，锲而不舍，不轻易放过一字，这样读书堪称典范。如此读书，必然字字识得到刻骨，书中内容早已了然于胸。读书愈多识字积累愈多，天下何愁没有不克之书呢？

《红楼梦》"登堂"记

　　《红楼梦》是怎样"登堂"的呢？

　　这里的"登堂"，且听我道来，并不是"登堂入室"之意，而是"登入课堂"，也就是进入我国的语文教育教学领域的意思。

　　《红楼梦》诞生于清代康乾时期，是我国古典小说艺术的高峰。说是高峰，是基于这样的思考：在四部古典长篇小说中，只有《红楼梦》与《西游记》是作家个人的艺术创作劳动成果。为什么这样说呢？是因为，其他的两部长篇小说《三国演义》和《水浒传》都经过了话本小说的创作过程，凝结着集体创作的烙印，发展到最后，才由个人进行艺术加工而流传于世。然而，《红楼梦》和《西游记》，特别是前者，则完全是有着完整的艺术构思和故事情节，由作家单独完成的长篇小说，达到了古典小说所能达到的艺术高度，甚至至今仍然无法超越——这也是《红楼梦》具有无穷美学魅力的奥妙所在。

　　《红楼梦》一经流传，就很快在当时的知识阶层以及城市社会引起了极大的艺术效应。清代学者硕亭在其《京都竹枝词》这部著作里，曾经收录了当时人们评说《红楼梦》的一首诗："开谈不说红楼梦，读尽诗书也枉然"——这就可以证明《红楼梦》确实一时间"洛阳纸贵"，成为知识阶层和城市社会兴趣盎然的"谈资"。如果细究，为什么《红楼梦》能有这样大的社会效应呢？这是因为，这部长篇小说具有在当代世界里非常宝贵的艺术品格和语文教育意义。

这首先表现于《红楼梦》在封建社会逐渐走向衰落的穷途末路之时，在浓重的黑暗里闪耀出新的思想的一抹异常绚丽的亮色——这就是人和人性的觉醒。人类的思想史，按照自己的内在发展规律在发展在运动，这是社会历史前进的必然性决定的。也就是在《红楼梦》出现的同时代，欧洲的启蒙运动如火如荼地开展起来，而启蒙运动的关键在于人和人性的觉醒，对抗中世纪的专制压抑——从这个角度来看《红楼梦》，至少曹雪芹具有自觉的然而又是在感性层次上提出了如同欧洲启蒙运动相同的新的观点，这是非常了不起的思想萌芽。新的思想总会给人们带来新的观念冲击，《红楼梦》之所以能迅速在知识阶层和城市社会流传开来，这是不能忽视的重要因素。话说回来，贾宝玉和林黛玉在"两小无猜"的境遇里顺乎人和人性的发展，自然而然产生了追求自身自由和向往精神解放的迫切要求，这是长期处于封建专制思想和社会制度压制下的人的精神叛逆——尽管这个叛逆付出了沉重的代价，但是毕竟是暗夜里的一丝希望的曙光。这一丝曙光，成为其时知识阶层和城市社会摆脱传统势力的思想解放的动力和具有理想色彩的东西。不能低估这个思想解放的"动力"和"理想色彩"的东西，这实际上就是《红楼梦》所蕴含的强大的精神力量。其次，表现在《红楼梦》的汉语艺术的"变革"上。我国的古代汉语，在长达两千多年的历史过程里，几乎没有"变革"，从先秦诸子到清代，其语言词汇和语法"一如既往"，几成固定的语言表现形式。正如有学者指出，假如把清代"桐城派"散文，隐去其作者，与先秦诸子以及顺流而下的唐宋散文几乎看不到有多少本质的区别，缺少生命力的语言正好适应了自从汉代以来的封建专制思想的表现。然而，《红楼梦》的出现，打破了原先古典汉语的僵死状态，吸收了大量城市与乡村的活的语言，以及接近口语的语言描写风格，带来了一股清新的语言之风，激荡着人们的心灵。这样的新语言也同样焕发起人们的语文阅读热情。再次，《红楼梦》的出现，是对我国古代文学艺术文体的更新和发展。在古典长篇小说未曾诞生之前，我国古典文学的文体大致经历了诗到词到散文到戏文的历程。这些文体，在其形成之初和成熟阶段，确实振兴起我国文学艺术不断向前发展。然而，随着现实世界和变动不居的社会生活的步伐，人们强烈地期待着新文体的出现，能容纳和反映出当下丰富多彩和错综复杂的新的历史境况，这就是古典长篇小说产生的社会根源以及解决文化发展必须满足人们日渐高层次的精神需求的矛盾的内在发展的追求——《红楼梦》与其他古典长篇小说正好应和了人们的这一精神追求，成为人们阅读的新的文体而得以更加广泛的流传。

辛亥革命以后，《红楼梦》的阅读与研究，进入一个新的阶段，特别是高校的文学教育方面，出现了前所未有的"突破"性进展。这不同于几乎相伴于《红楼梦》诞生同时的"脂砚斋"点评式阅读与研究，而是具有学科意义的理性阅读与研究，其目的在于正确认识《红楼梦》，正确估价《红楼梦》在我国古典文学史上的价值与作用，取得了很大的成就。例如，蔡元培、王国维和胡适的阅读与研究，正式把《红楼梦》纳入大学的语文学科教育。尤其是鲁迅的《中国小说史略》里，专门在第24篇中，把《红楼梦》归入"清之人情小说"，后来，相继在各类文章中有11处论述到《红楼梦》——这对我们阅读与研究《红楼梦》，接受《红楼梦》的语文教育都具有宝贵的指导作用。这些关于《红楼梦》阅读与研究以及语文教育，奠定了我国以后关于《红楼梦》科学评价的基础，也为《红楼梦》进入中小学语文教育准备了充足的条件。

新中国建立后，《红楼梦》的阅读与研究以及语文教育，进入一个崭新的历史阶段。《红楼梦》相继进入中小学语文课本，成为我国语文教育的基本教材内容——远的不说，就改革开放40年来，人民教育出版社编写的中小学语文课本就选取了《香菱学诗》《葫芦僧判断葫芦案》《林黛玉进贾府》和《刘姥姥进大观园》等《红楼梦》篇章——为什么中小学语文课本收录《红楼梦》这么多的精彩篇章呢？这是因为，《红楼梦》的这些精彩篇章，对中小学生正确学习《红楼梦》能起到"一叶知秋"的作用，这体现在：通过学习这些《红楼梦》的精彩篇章，引发他们进一步阅读《红楼梦》的兴趣，通过语文教学和阅读《红楼梦》，可以使中小学生加深对我国封建社会和封建专制主义的认识，同时，也加深对我国古典文化，特别是我国古典文化主流学派儒家学说、道家学说和佛教的认识与理解，分析探究这些主流文化如何影响到文学作品中的人物的思想理念和行为以及人的价值评判中去。更重要的是，通过学习和阅读《红楼梦》可以使中小学生学习我国古典汉语，掌握规范优美的古代汉语特色，也可以从这些精彩篇章与阅读《红楼梦》中，感受到我国优秀传统文化的园林美、建筑美、工艺美及树木美和花卉美等，从而受到心灵和情操的美的陶冶。当然，不可忽视的是，通过关于《红楼梦》的语文教育，可以打开阅读我国古典长篇小说的艺术宝藏，这对发展我国当代文学艺术能起到非常好的借鉴作用。

有学者认为，《红楼梦》是我国封建社会的一面镜子。这面镜子，是我们永远探索不尽的古典文学典范，也是我们语文教育优美的教材，以其丰富的艺术汁液哺育一代又一代汉语言文学接受者……这就是《红楼梦》"登堂"的过程。

柳青，文学原野的春天

　　仔细回想，我阅读的第一部长篇小说居然是周而复的《上海的早晨》。那是我读小学三年级的时候，在姐姐的房间里，偶然看见了这部厚厚的书，从书里的折页来看，姐姐也刚刚开始阅读。那时候，还不知道什么是小说，顺手翻阅起来，就被里面十分有趣的故事吸引住了。以我当时的认字程度和阅读能力，读这样的大部头小说，确实有点吃力，然而，还是继续阅读下去了——借用《白鹿原》里开篇首句的话，这后来成为我阅读史上"引以为豪壮"的事情——是的，从阅读《上海的早晨》开始，就算正式开始了我的文学阅读。

　　那时候，乡村的图书非常稀少，然而，至今尚觉奇怪的是，故乡居然开办有一座稍有规模的图书馆，里面收藏了不少的图书。当然，文学类尤其是小说，例如《红旗谱》《烈火金刚》《野火春风斗古城》《三家巷》《林海雪原》，等等，都可以借到。这是因为，当时的农村，正在进行大规模的农民文化教育，我的姐姐每天晚上就挑着小油灯去上"夜校"——我们村是方圆几十里地的大村子，又很早就开办了中学和小学，具有得天独厚的文化教育条件，估计村里的图书馆里的大量图书，就是从中学和小学"流通"过来的。姐姐手里的《上海的早晨》，应该是从图书馆里借来的。

在乡村读小学低年级的时候，每到下午自习完毕，就可以到学校的图书馆去读课外书，至今印象十分深刻的是系列画本《动脑筋爷爷》和《十万个为什么》，这是当时我很喜欢的图书。学校也很注意学生的课外阅读，专门有老师进行指导，有什么疑难问题，直接找老师解答。学校的教室前面，有一树粗壮的紫藤花，下午，坐在紫藤花下读书，现在想来，真是"诗意的读书"……

读完了《上海的早晨》，犹如打开了我潜在的强烈的阅读"天性"，从此一发而不可收，走上了一条至今仍然还在坚持的阅读道路。村里的高年级学生，私下在交谈中说，最好看的小说是《创业史》，不过，他们还不能确切地估量到《创业史》的真正艺术价值，而是津津乐道里面梁生宝和徐改霞的恋爱故事，这也许是他们最初阅读《创业史》的动力吧。直到读中学，父亲长期订阅《参考消息》这份报纸，放学回来，吃过晚饭，我也喜欢翻阅这份报纸。一次，在《参考消息》上看到这样的消息，说是《创业史》在日本属于受欢迎的我国长篇小说——得到这个信息，或者是原先受到乡村高年级学生的几乎忘记的话的影响，我从父亲所在机关的图书馆，终于找到了一部浸满了阅读过后遗留汗味的《创业史》——确凿地说，就是这部《创业史》，我终于坚定地走上文学道路。

每一次阅读《创业史》，都是一次艺术的洗礼和文学信念的升华。柳青关于文学理论的论述不多，但是，他的文学论述永远具有真知灼见，他真正把文学与生活、文学与政治和文学与艺术的关系说明白了，至今仍然是珍贵的文学理论遗产，也是最为有益的文学经验和最有启发意义的文学观点。柳青关于作家的"三所学校"的观点，胜过了许许多多喋喋不休却还是纠缠不清的所谓文学创作"理论"。他关于作家的"三所学校"的论述成就了路遥，也成就了陈忠实，也将惠及一代又一代有出息的作家。

柳青提出的作家要进的"三所学校"，就是："生活的学校、政治的学校和艺术的学校。"——这是他集中思考文学艺术理论问题的推进和提升，也是他对自己长期创作道路的总结和概括，代表了柳青创作艺术理论的重要主张。

这"三所学校"，最主要的是"生活的学校"。柳青把"生活"放在第一位。他说："要想写作，就先生活。"在柳青看来，作家首先是作为普通参与者去了解和熟悉社会现实。在柳青生活了13年的长安县和皇甫村，当地人们记住的柳青形象并不是作家，而是基层干部和普通农民。

1952年，柳青到陕西省长安县挂职县委副书记，全面参与当地的农村合作化运动，并亲自指导和参与组建当地农业生产合作社。1954年，修缮了皇甫村神禾塬上的中宫寺，全家搬入，以普通农民的身份居住在皇甫村。路遥这样描写他："没见过柳青的人，都听过传闻说这位作家怎样穿着对襟衣服，头戴瓜皮帽，简直就是一个地道的农民，或者像小镇上的一个钟表修理匠。是的，他就是这副模样。可是，这样一个柳青很快就能变成另外一个柳青：一身西装，一副学究式的金丝边眼镜，用流利的英语和外国人侃侃而谈。"柳青的这种"两面性"，正是他作为作家参与具体社会生活实践的生动写照。他说："真正的革命作家永远也不会把艺术当作目的。"又说，"真正的进步作家，在每个时代里，都是为推动社会前进而拿起笔来的……把他经过社会实践获得的知识和理想传达给人民，帮助人民和祖国达到更高的境界。"这里，提出了一个文学终极目标的问题。在柳青看来，文学的终极目标并非作家的个人表达，而是推动社会进步、提升人们思想的媒介，那么相应地，作家也并非某个专业行当的从业者，而应当扮演社会总体思想的"容器"和"冶炼师"角色。

路遥也是这样。他为了写作长篇小说《平凡的世界》，深入陕北这块厚重而神奇的土地上，深入农村新时期改革开放的激烈而丰富多彩的生活，深入煤矿，深刻体验矿工生活，才写出了孙少平、孙少安等激励人心的当代青年形象，也写出了黄原地区错综复杂却在各个方面都正在复苏的社会生活宏大气象，留下了我国改革开放时代波澜壮阔的时代前进画卷。

柳青提出作家的第二所学校是"政治的学校"。这里的"政治"，涉及对国家政策、党报社论和时局导向的理解，是针对作家所参与的具体社会运动事件由国家自上而下发布的理论性说明和指导原则。但柳青对"政治"的理解又不限于政策解说，而包含了作家对发动这一社会运动的理论原则及其具体实践方式的发挥。一方面，政策具有某种抽象性和纲领性，它总是需要实践者的创造性参与；同时，有关农村合作化运动的国家政策和指导说明也并非完善和具体的，需要实践者特别是文学家的主体性创造和想象性阐释。在这一点上，文学与政治的关系并不是用文学作品去解释确定的政治理念或条例，而是包含了对马克思主义理论、原理和社会发展规律的认知和理解。

有研究者提及柳青的阅读书目，不仅有文学名著和理论批评文章，还包括马克思主义经典著作："他把亚历山大罗夫主编的《辩证唯物主义》和康士坦定诺夫主编的《历史唯物主义》，参照艾思齐主编的《辩证唯物主义和历史唯物主义》，系统地阅读了一遍，着重研究了有关规律、阶级和国家、社会革命、人民群众和个人在历史上的作用问题。同时，他还系统地阅读了《哥达纲领批判》《国家与革命》《中国革命战争的战略问题》和《矛盾论》等一系列马列及毛泽东同志的经典著作。"在柳青生活的时代，这一阅读书单涉及了当时马克思主义理论的诸多前沿问题。柳青的友人杨友写道："他说世界上的人和事不断地变化着，但是他们是循着一定的规律变化的。作家可以创造性格和情节，但不能违反科学。"柳青还系统地涉猎心理学著作，因为"心理学帮助他理解人的思维活动和环境对人的影响"。

由此来看，柳青不是站在专业化的文学角度记录和描述历史，而是与思想家、政治家站在同一高度的理论平台上理解世界和改造世界。同样，陈忠实在写作长篇小说《白鹿原》之时，也有过他称之为思想的"剥离"过程，也就是经过"政治的学校"再认识的过程，一个思想境界再提高再深化的过程。他后来在《寻找属于自己的句子》这部叙述自己的创作过程的书里，提到了有这样几部书籍对自己的深刻影响，美国学者赖肖尔的《日本人》，还有马尔克斯的《百年孤独》以及陕西本土学者王大华的《崛起与衰落——古代关中的历史变迁》——这几部书，对陈忠实思想哲学方面有着深刻的启示，特别是"人物文化心理结构"观点，对他塑造小说人物形象，起到了非常重要的作用。

柳青"三所学校"的最后一所是"艺术的学校"。这是柳青强调生活经验进入文学写作时在形式塑造上的特殊要求，表现出他对文学形式营造重要性的高度重视。柳青《创业史》的写作，经历了艰难的四易其稿，关键难题是摸索一种他认为恰当的艺术形式。选择最"恰当的艺术形式"，这是一个作家在艺术上梦寐以求的创作最佳路径。这仍然是陈忠实的《白鹿原》长篇小说写作的重要艺术经验——1985年，陈忠实在《世界文学》第4期上，读到魔幻现实主义的开山大师、古巴作家阿莱霍·卡彭铁尔的中篇小说《人间王国》，还读到同期杂志配发的评论《拉丁美洲"神奇的现实"的寻踪者》。陈忠实读后不仅对魔幻现实主义的创立和发展有了一个较为清晰的了解，而且从卡彭铁尔艺术探索的传奇性经历中获得启示。卡彭铁尔早年受到欧洲文坛各种流派尤其是超现实主义的极大影响，后来他远涉重洋来到超现实主义"革命中心"的法国，"但是八年漫长的岁月仅仅吝啬地给予卡彭铁尔写出几篇不知所云的超现实主义短篇小说的'灵感'"。卡彭铁尔意识到自己若要有所作为，就必须彻底改变创作方向，"拉丁美洲本土以及她那古朴敦厚而带有神秘色彩的民族文化才具有巨大的迷人魅力，才是创作的源泉"。卡彭铁尔后来深入海地写出了别开生面的《人间王国》，被小说史家称为"标志着拉丁美洲作家从此跨入一个新的时期"。卡彭铁尔对陈忠实启示最深的，是要写"本土"。但当他真正面对自己"本土"的时候，他对自己熟悉乡村生活的自信被击碎了。陈忠实有相当深厚的农村生活经验，他曾经说他对农村生活的熟悉程度不下于柳青，但他所熟悉的农村生活，主要是当代的农村生活。他感觉自己对乡村生活的认识太狭窄了，只知当下，不知以往，遑论未来。他意识到，对一个试图从农村生活方面描写中国人生活历程的作家来说，自己对这块土地的了解还是太浮浅了——感到自己的"浮浅"，便是一个思想认识的飞跃提升。与柳青相同的是，经过自身的"政治学校"的深刻的精神新生也就是陈忠实所说的"剥离"过程，终于有了关照生活、关照整体文学写作的思想"投射源"，找到了文学理性的创作思维和厚重的思想以及塑造人物形象的"最恰当的艺术表现形式"。

《柳青文集》是我经常阅读的书——顺便说一下，还是在早先几年，有一家报纸，开展纪念柳青90周年诞辰征文活动。不承想，我的一篇文章居然获奖，奖品就是这部《柳青文集》，非常精美，正中下怀。虽然，我有不少版本的《创业史》和柳青的其他作品集，但是，这是目前为止，我书房里值得珍爱的还是这部《柳青文集》。

阅读柳青，每一次都有新的收获。柳青，是文学原野上永远的春天。阅读柳青，便是沐浴着花香四溢的春风……

遥忆杜鹏程

在陕西的老一辈作家里，我有幸得到胡采和杜鹏程的关心与指导。在 20 世纪 90 年代，我着重研究的文学对象也是这两位在我国当代文学史上怎么也绕不过去的文学理论家和小说家。也曾出版过研究专著。

不久前，收拾书房，无意间找见过去的影集——打开，里面收藏有许多我与胡采和杜鹏程的照片……时过境迁，物是人非，现在，只能阅读他们的书籍，回想过去求教于他们的历历往事了。

这里，我要说的是杜鹏程。

时间流逝得真快。说起他们竟然有"隔世之感"了。

记得，我第一次拜见杜鹏程，还是 20 世纪 80 年代，大约是 1985 年秋天吧。由于我编辑一份地区教育刊物，很想得到前辈和名家的关注及支持，首先想到的是杜鹏程，为什么呢？因为，他出生在本地区的一个县城，至少有乡土之谊吧。再说，他的巨著长篇小说《保卫延安》陆续在陕西人民出版社和人民文学出版社出版，受到广大读者的欢迎，更重要的是他的短篇小说《夜走灵官峡》收入中学语文课本，如果杂志能得到他的支持，更奢望有幸发表他关于教育的新作，就真令人喜出望外了——怀着这样的心情和目的，就大胆向他邮寄我们的刊物和约稿信。没有想到的是，很快就得到了杜鹏程的回信，也收到了他怀念自己的启蒙老师的散文作品。

从此以后，我就开始了向杜鹏程老求教的岁月……

1998年，我研究胡采与杜鹏程的专著出版，曾经给我讲过鲁迅研究课的著名学者黎风教授，给我这部初学的书稿写的序言说我的专著里，没有涉及杜鹏程的巨著《保卫延安》。黎风教授的意见是正确的，确实没有涉及《保卫延安》。我当初的想法是，《保卫延安》自从问世之后，一直到第二次"鲜花重放"，围绕这部巨著的研究论述太多太多了。出版之初，著名文艺理论家冯雪峰先生就誉为"史诗"——这是了不起的高度艺术评价，至今，仍然是不能推翻的"定论"，以至目前，仍然有不少的文学研究者在孜孜不倦地进行新的研究，以我当初的认识水平，是不能对《保卫延安》提出新的艺术见解的。所以，只好避而不谈，转而去研究杜鹏程的其他文学作品，这是自己"藏拙"的不得已而为之的办法，却被黎风教授明眼看破，并毫不客气指出来——这实际上是对我读书和为文的严厉批评。从事文学研究，决不能"偷懒"，而是要迎难而上，这才是砥砺自己进步的极好的机遇呢——几十年过去了，对于老师的教诲，我至今不忘，也成为以后读书为文的"警惕"之言——愿黎风教授安息，老师的话，我铭记到如今！

回忆杜鹏程，还是补上整体叙述和介绍《保卫延安》这一课吧。这样，我的内心能得到一点安宁。

杜鹏程，原名杜红喜，陕西省韩城市夏阳乡苏村人，生于1921年阴历三月二十八日。他的童年非常不幸，3岁丧父，与母亲相依为命。韩城是一个历史悠久的县城，也是中华文明重要发祥地之一，史圣太史公司马迁的故乡。西周初，周武王封子于此，称韩国；春秋战国之交，周平王封秦仲之子康于此，称梁国；战国时，秦设夏阳县，隋开皇十八年置韩城县，1984年1月改为韩城市。这里文化底蕴深厚，重视读书，文风旺盛。虽然杜鹏程家境贫寒，却在寡母的强烈愿望下，积极求学。幼年上过私塾和基督教学校，后来到韩城城里的一家店铺当学徒。1934年到1936年，杜鹏程经人推荐转到离家二三十里远的西庄学校半工半读。西庄学校，北依巍峨的青山，面临浩浩荡荡的黄河，环境十分优美。在这里，杜鹏程受到了正规的学校教育，打下了良好的知识基础。1937年"卢沟桥事变"，抗日战争进入新的阶段，16岁的杜鹏程参加了共产党的外围组织中华民族解放先锋队。第二年的初夏，在共产党员老师的介绍下，杜鹏程踏上了去延安的道路。

　　杜鹏程踏上了宝塔山下延河之滨这块热土，先后进入延安的抗大、鲁迅师范学校学习，从此揭开了个人生活历史上崭新的一页。经过紧张的学习之后，杜鹏程被组织分配到陕甘宁边区延川县进行农村工作。经过整风、大生产运动后派往被服厂工作。不久，延安保卫战拉开了序幕，杜鹏程在西北野战军任新华社随军记者。全国解放以后，杜鹏程任新华社新疆分社社长，后来担任陕西作家协会副主席、陕西省文联副主席。他兼任中国作家协会第二、三、四届理事，中国文联第四届委员。1982年，当选为中共十二大代表。杜鹏程还是全国第二、三届政协委员。1991 年 10 月 26 日下午，彭德怀传记组到医院了解情况，杜鹏程心脏病突发，在西安市人民医院不幸逝世，享年70 岁。

杜鹏程艰难的求学经历和在农村、工厂、部队丰富而充实的生活经历，为他后来的创作提供了丰富的生活经验与素材，奠定了扎实的思想基础与写作基础。从 20 世纪 40 年代开始，杜鹏程发表文学作品，特别是 1954 年出版的长篇小说《保卫延安》是他的代表作，是中国第一部大规模正面描写解放战争的优秀的史诗般的长篇小说。他在长、中、短篇创作中都获得显著的成就。其小说多为重大题材，从严峻的斗争与考验中，描写人物精神面貌。杜鹏程在文学创作上的杰出成就赢得了广泛的尊重，1956 年 2 月 4 日在中南海受到毛泽东主席的亲切接见。杜鹏程的文学作品计有：长篇小说：《保卫延安》；中篇小说：《在和平的日子里》；短篇小说：《大沙漠》《年轻的朋友》《平常的女人》《光辉的历程》；散文特写集：《杜鹏程散文特写选》《我与文学》等。1993 年，陕西人民出版社出版了《杜鹏程文集》（四卷）；1998 年，解放军文艺出版社出版了杜鹏程《战争日记》。1947年年初，杜鹏程被调到陕甘宁边区《群众文艺》社工作，半年后又奔赴前线，深入王震指挥的西北野战军第二纵队独立第四旅第十团二营六连，做了一名随军战地记者。当时，胡宗南指挥的国民党精锐部队20 多万人，在数十架飞机的配合下，声言三天之内攻取延安。西北野战军以装备很差的 2 万余人，与敌军在陕北周旋、拼杀，展开了一场保卫延安的殊死搏斗。形势异常险峻，杜鹏程到达部队才几个月，西北野战军第二纵队就减员过半，他所在的六连由原来的 90 多人锐减为 10 多人——由此可见这场战争的酷烈！

在这场伟大的延安保卫战中涌现出来的英雄和英雄事迹，一次又一次深深感动了杜鹏程。目睹着这些活灵活现的平凡而又伟大的战士的英勇战斗场景，杜鹏程内心久久不能平静，他含泪在日记中记下那一个个难忘的战斗场面。日记，成为杜鹏程的战争实时记录，也成为杜鹏程不能遏制激情的倾吐的"土地"——为了记录这场酷烈的战争场面，杜鹏程有时将装日记的包袱放在膝盖上写，有时宿营以后趴在老乡的锅台上写，即使在硝烟弥漫、子弹横飞的阵地上，他也照写不误。有一次，旅政委杨秀山发现杜鹏程写作的"武器"竟是一根将笔尖捆扎在树枝上的东西，需要不停地蘸墨水，就关切地对他说："笔对你来说，和枪杆子一样重要。"于是当即批条子给供给部，指示为杜鹏程配发一支好笔。很快，一支"金星牌"钢笔便到了团里，团政委将这支笔转交给杜鹏程时，郑重地在他的笔记本上写了一句话："一支笔，抵得上一支劲旅。"

在毛主席的英明指挥下，延安保卫战打了一场又一场漂亮的胜仗。在前线的总指挥是彭德怀将军，更是令人瞩目。在行军途中和群众、部队聚会上，杜鹏程不止一次见过彭德怀，而且听到过有关这位"彭大将军"的许多战斗故事。这些在部队中广为流传的故事令随军记者杜鹏程心驰神往，很想近距离接触这位神话般的人物。1948 年秋，这样的机会来了。在黄龙山的一个窑洞里，彭总召集全体前线记者谈话，说了三四个钟头。彭德怀谈到延安保卫战的重大意义和新闻工作者的责任，也谈到了他自己："我这个人没有什么，要说有一点长处的话，那就是不忘本。"当时，杜鹏程亲耳听到那响如洪钟般的话，激动不已。采访中，彭总质朴谦和，平易亲切，他说甘愿当"扫帚"供人民使用，觉得他自己就是比群众和战士多吃一口野菜，也是深为惭愧的！

杜鹏程深深感受到：彭总忠心耿耿，时时把人民群众和战士们放在心上，"先天下之忧而忧，后天下之乐而乐"就是他的真实写照。杜鹏程后来写道："这一切，在我心里产生的不是抽象的意念，而是激动人心的巨大形象。伟大的中国革命，造就了许多光辉灿烂的巨人——我是带着广大指战员强烈的崇敬心情来描绘彭德怀将军的形象的，他来自现实斗争生活，也是来自广大指战员的心里。"

彭大将军的光辉形象矗立在杜鹏程的心里了，命运之中似乎成为长篇小说《保卫延安》星系结构人物的核心。不过，这个时候的杜鹏程还没有开始进入实际的艺术创作，但是，立志反映伟大的延安保卫战，却十分明确，问题是选择怎样的文学体裁呢？

随着新中国的建立，杜鹏程决定放弃原计划撰写这场战争的长篇报告文学，而开始构思一部长篇小说，产生了要将西北战场这一伟大的人民解放战争诉诸笔端、昭示后人的强烈的艺术冲动——他说："难道这些积压在我心里的东西，不说出来，我能过得去吗……也许写不出无愧于这个伟大时代的作品，但是，我一定要把那忠诚质朴、视死如归的人民战士的令人永生难忘的精神传达出来，使同时代的和后来者永远怀念他们，把他们当作自己做人的楷模，这不仅是创作的需要，也是我内心波涛汹涌般的思想感情的需要。"——杜鹏程开始了艰巨的艺术创作。

1949 年年底，杜鹏程随部进军帕米尔高原后，着手创作《保卫延安》。当时的条件与环境比较差，又没有大量的图书资料可以借鉴。"所依靠的是一本油印的毛主席的《中国革命战争的战略问题》；部队的油印小报，历次战役和战斗总结；新华社在各个时期关于战争形势所发表的述评及社论；再就是我在战争中所写的新闻、通讯、散文特写、报告文学和剧本等"，这是杜鹏程在《保卫延安重印后记》里的回忆，他说，"还有在战争中的日记，近二百万字"——这就是当年杜鹏程所有的写作准备——他面临着的是异常艰苦的艺术探索的战斗！

　　杜鹏程就这样进入创作过程，一捆捆材料堆放在军营斗室的地上，要想进去，便必须跳来蹦去地"翻山越岭"，9 个多月的时间，"居然写起了近百万字"，初稿抄起来"足有十几斤"——1950 年的深冬，杜鹏程的母亲病危，他从冰天雪地的边疆赶到黄河岸边的故乡，身无长物，却背着这一大捆"手稿"。埋葬了母亲，杜鹏程搬进县人民政府去住。在这里，他用了一个多月的时间，把这部稿子修改了一遍……

　　面对着这一堆凌乱的稿子，杜鹏程陷入"焦灼不安，苦苦思索"的艺术困境，怎么办？经过冷静的理性思考之后，决定"在这个基础上重新搞"！杜鹏程想："也许写不出无愧于这伟大时代的伟大作品。但是我一定要把那忠诚质朴、视死如归的人民战士的令人永远难忘的精神传达出来"，"这不仅是创作的需要，也是我内心波涛汹涌般思想感情的需要"。就这样，杜鹏程"一年又一年，把百万字的报告文学，改为六十多万字的长篇小说，再把六十多万字变成十七万字……

在四年多的漫长岁月里，九易其稿，反复增添删削何止百次"——杜鹏程在后来的回忆中这样追叙。

确实，杜鹏程自1950年动笔，经常通宵达旦，与昏暗的小煤油灯相伴，前后被其涂改过的稿纸足可以拉一大马车。他小心翼翼地呵护着凝聚他心血的手稿，"夜不成眠，食不甘味，时序交错，似乎和我无关，调我到大城市学习，我就把稿子带到大城市；让我到草原上工作，我就把稿子驮到马背上"……1953年春，总政文化部将杜鹏程从新华社新疆分社借调出来，到北京住了一年，集中精力反复修改，其间还将书稿送给国防部长彭德怀征求意见。当年年底书稿就完全定下来了，列为"解放军文艺丛书"之一。接着，《解放军文艺》在1954年第1、2期分别选发了"蟠龙镇"和"沙家店"两章，后由总政文化部交给了人民文学出版社。

杜鹏程对自己的书稿牵挂如子女，希望它能够得到重视，所以，又将一份打印稿寄给了素不相识的人民文学出版社社长兼总编辑冯雪峰，并写了信。冯雪峰连回两封信，约他到自己家里一谈。杜鹏程知道，冯雪峰不仅是一位参加过二万五千里长征的老革命，而且又是一位著名的文艺理论家，在文坛上地位颇高。他充分肯定了《保卫延安》书稿。1954年6月1日，人民文学出版社正式出版了长篇小说《保卫延安》，初版印数达到近百万册。这部作品出版后引起强烈反响，出现了争购争读的可喜景象。有评论说，作者以澎湃的激情，高昂的笔调，刻画了一批丰满而生动的解放军指战员的人物群像，展现了毛泽东、朱德、彭德怀等老一辈革命家的高瞻远瞩，其革命的英雄主义精神，钢铁般的意志，成为鼓舞和教育中华儿女的楷模。

冯雪峰撰写了两万字的长文《论〈保卫延安〉的地位和重要性》，发表在当年《文艺报》第14、15期上，高度评价道："描写了一幅真正动人的人民革命战争的图画，成功地写出了人民如何战胜敌人的生动的历史中的一页。对于这样的作品，它的鼓舞力量就完全可以说明作品的实质、精神和成就……它的英雄史诗的基础已经确定"，还说"作者以战斗的精神，写出了这样的革命战争，于是作品就具有迫人的鼓舞力量"。时任文化部部长的现代作家茅盾先生评论说："他作品中的人物形象，好像是用巨斧砍削出来的，粗犷而雄壮；他把人物放在矛盾的尖端，构成了紧张热烈的气氛，笔力颇为挺拔。"

《保卫延安》产生的历史背景与艺术环境：新中国成立至1966年，是我国长篇小说创作出版的一个高潮期。十余年间，有大批作品问世，其中数十部影响广泛，极一时之盛。这些作品坚持社会主义现实主义创作原则，以满腔热忱和质朴的表现方法，讴歌了土地革命战争、抗日战争、解放战争及社会主义建设等不同历史时期我国人民艰苦卓绝的奋斗历程和蓬勃向上的精神风貌，代表了那一时期我国长篇小说创作的最高成就，在中国当代文学史上占有极其重要的地位。它们以特有的魅力，影响了几代读者，经历了时间的淘洗，流传至今。

《保卫延安》的故事梗概是：1947年3月，蒋介石命胡宗南以数十万兵力进犯我党中央所在地延安。我军在山西的一个纵队，奉命参加保卫延安的战斗。部队昼夜行军，西渡黄河，于19日赶到延安正东80里的甘谷驿镇，集结在山沟里待命。上级传达了党中央、毛主席关于撤出延安的决策。听到连长周大勇说出"我军退出延安"，一连战士们惊呆了，全场恸哭，百思不解，发出悲愤的喊叫。但当他们领悟了毛主席的伟大战略思想，便立即举枪发誓：战斗到最后一个人也要收复延安！

我军在青化砭设下埋伏。敌搜索队强迫李振德老汉带路。为了掩护我军，李老汉抱着孙子拴牛跳下了绝崖深沟。敌三十一旅钻入我包围圈后，一场伏击战打响了。枪炮齐吼，战士们像山洪一样冲下山沟，敌4000人马顷刻覆灭。青化砭伏击战的胜利，恰在我军退出延安的第6天。彭德怀司令员抓紧战机，于5月初亲自指挥蟠龙镇攻坚战。连长周大勇奉命诱敌北上，他们佯装连打败仗的样子，牵着敌主力10多万人在一个个山头上转，引向蟠龙镇北400里外的绥德。蟠龙镇攻坚战打响后，远在绥德城的敌二十九军军长刘戡认为这不过是共军声东击西的诡计，还做着"建功立业"的美梦。当得知蟠龙镇失陷时，他哭丧着脸哀叹"打糊涂仗"。

蟠龙镇大捷后，周大勇和战士们又把敌人"护送"回来。途中遇到跳崖受伤的老汉李振德。当敌人爬回蟠龙镇时，我军已转移到真武洞地区休整。"解放"战士宁金山开小差，李老汉的老伴以为他是掉队的，在敌人面前用生命掩护他，使他深受教育。在连队迎新会上，他与失散多年的弟弟宁二子相认。胡宗南为扭转败局，命关中敌军向北，陇东的马家匪徒向东，配合延安的敌军主力，妄图消灭我军。周大勇奉命率队西进，急行军数百里，突然出现在陇东高原，打得马家匪徒无法招架，粉碎了敌人的阴谋。我军继续北进，穿越大沙漠时，炊事班长孙全厚倒下了。我军再次打击了胡宗南的帮凶马鸿逵匪徒，收复三边分区。经短期整训后，又奔赴榆林前线。

周大勇率一连战士，与兄弟部队配合，攻克榆林的门户三岔湾。攻打榆林的战斗持续了几天，正当周大勇指挥向城西门进攻时，突然接到掩护主力部队撤退的命令。我军顺利撤退，周大勇他们则在长城线上与敌人展开了突围战。战斗中情况瞬息万变，刚击退了追击的敌先头部队，突然身后又打响了。周大勇勇敢、沉着地指挥，给战士们以力量。他们一次又一次地突破重围，转入一个村子。敌人出动飞机、大炮，一连十几次轮番攻击。最后，周大勇他们被围困在村南的四座院落中。面对猛烈的炮火，战士们奋力拼搏：有的被震得七窍出血，昏过去，但清醒后又爬起来战斗；有的满身是血，却不承认负伤；有的身负重伤，不能打枪，就喊着给战友鼓劲；战友牺牲了，他的战位上立即又有人在射击……到处都是猛扑、冲杀、肉搏、呐喊声。周大勇他们终于杀开一条血路，从浓烈的烟火中冲出去了，排长王老虎为掩护战友突围，倒在血泊之中。周大勇率领战士一直朝东南方向插去。周大勇和许多战士都负了伤，他们忍受着伤痛、寒冷、饥饿和疲劳，沿途捣粮站，押俘房，与敌周旋，历尽艰辛，终于回到"陕甘宁边区的土地上"，并见到了在老乡家养伤的战友王老虎，他们十分高兴。

　　8月中旬，我军在西北战场将要从防御转入反攻了。胡宗南整编三十六师增援榆林后又马不停蹄地南下，企图配合由南向北的敌主力部队，和我军决一死战。彭总按照党中央的战略部署，决定在沙家店地区，歼灭敌人的主力部队。彭总向前来汇报情况的旅长陈允兴分析战场形势，讲述战略思想，陈旅长感到兴奋、激动。沙家店战斗打响了。彭总站在北面的山头上沉静、严峻地观察着、思考着，指挥我军首先斩断敌一二三旅与刘戡的五个半旅的联系，并把一二三旅送入沙家店东我军伏击圈；然后命陈允兴所在旅配合兄弟部队向敌整编三十六师发起总攻击。战士们像潮水一样扑向敌人，有的用刺刀捅穿敌人的身子，有的平腹端起机枪，把敌人扫得一片片倒下。

敌人丢盔弃甲，我军全力追击。周大勇连队攻下最后一个阵地后，继续追击。敌师长钟松落马逃命。大反攻开始了。敌人五六万人沿无定河溃逃，轮番掩护退却，准备逃回延安。彭总率西北野战军主力南下追击。周大勇所在部队埋伏在九里山，阻击逃往延安的敌人。周大勇被任命为代营长，奉命带三个连直向敌人心脏戳去。他们处在数万敌人之中，机动灵活地出击，趁夜战捣毁敌人旅直属部队，使敌军官惊呼"简直是从天上来的"之后，又巧妙而顽强地击退了一千多敌人的轮番冲锋。周大勇他们跳下断崖，在九里山东边的山洞里遇见李振德老汉一家，才知道战士李玉明就是李老汉的小儿子——满满。老妈妈深夜在灯下为周大勇他们缝补衣服、鞋子。

经过7天7夜的阻击战，五六万敌人在两三千人民战士用智慧、勇敢和意志筑成的铜墙铁壁面前，碰得头破血流。我军在九里山的阻击部队一撤出，敌人就没命地呼吼着乱窜，往南逃去，"人踏人马踏马，互相冲撞，互相射击，咒骂，厮打，抢劫……"敌人抬动脚步都生怕碰到地雷，听见树叶响，也当是中了埋伏，听见风雨声，就当是机关枪火力突然发射；看见一堆堆的蒿草，也疑心是炮兵阵地。陕甘宁边区的每一寸土地对敌人来说，都变成"危险而可怕"。周大勇所在的纵队，奉命再向敌人前面插，我军在岔口地区的千山万壑里，布下天罗地网。侥幸逃出九里山的敌人，又跌入这天罗地网之中。"岔口会战"后，我军遵照彭总的命令，继续追歼溃散之敌，不让敌人有喘息的机会，不让敌人从延安逃掉。营长周大勇奉命率队主攻延安的大门——劳山。收复革命圣地延安、解放大西北的日子来到了！

《保卫延安》是当代文学史上第一部大规模正面描写解放战争的优秀长篇，被誉为"英雄史诗"。首先，它站在时代和历史的高度，以宏大的规模、磅礴的气势，出色地反映了解放战争中著名的延安保卫战，描绘出一幅真实、壮丽的人民战争的历史画卷。其二，作品围绕西北战场我军正规部队与敌人的浴血奋战，以我军主力纵队的一个连所参加的青化砭、蟠龙镇、榆林、沙家店等战役为主线，艺术地概括了我军由战略防御转入战略反攻的历史性进程。作品所描写的人民战争的场面，规模宏大，头绪纷繁，从高级将领的重大决策到基层连队的战斗生活，大大小小战斗的组织和进行，以及根据地人民和游击队的斗争，都有真实、正面的描写。作品不讳饰当时严峻的斗争形势，不回避敌强我弱形势下战争的空前残酷和激烈，每次战斗都有无数英勇的战士壮烈牺牲，"一片土地一片血"，胜利的得来是付出了极大的代价的。其三，作品还深刻地揭示了这场战争之所以能够取得胜利的根本原因：党中央、毛主席对整个战局的正确分析和英明决策，彭德怀司令员的正确部署和指挥，我军将士从高级指挥员到普通战士誓死保卫党中央而浴血奋战的革命英雄主义精神，这一切在作品中都有着充分而精彩的描绘；陕甘宁边区群众和全国人民对战争的支援也得到了一定程度的表现。作品始终洋溢着炽热的战斗激情，使人感受到人民战争具有无坚不摧、无往不胜的巨大威力。其次，以高昂的笔调，遒劲的笔力，刻画了一批丰满而生动的人物形象。

周大勇是杜鹏程在《保卫延安》中极力塑造的主要人物形象。作品通过一系列战斗和细节描写，突出地描绘了他英雄性格的特征：对党、对领袖、对人民的无限忠诚和伟大的献身精神。听到党中央撤离延安，看到陕北的群众倒在血泊之中，"惨烈的痛苦和愤怒煎熬着他的心"。强烈的爱憎、高度的阶级自觉性成为他为人民奋不顾身、创造惊天动地英雄业绩的强大动力。战斗中他总是主动请求承担最危险、最艰巨的任务。在长城线上的突围战中，他身负重伤，带着伤病员和疲惫不堪的战士，被围困在一个小山洞里。面临绝境，他想的是怎样"紧张地为自己阶级的事业战斗下去"，终于率领战士闯出险境。诚如团政委李诚所说，周大勇是一个"浑身汗毛孔里都渗透着忠诚"的人。对于周大勇高昂的革命英雄主义精神，钢铁的意志，勇猛、机智、沉着、灵活的战斗作风，作品有着淋漓酣畅的描绘。青化砭战斗，他冲锋陷阵，个人生死全然置之度外；蟠龙镇攻坚，他智勇双全，出色地完成诱击敌人的任务；尤其是在长城线上，连队陷入敌军重围，与主力失去联系，他以无比的刚毅和勇猛，无比的机智和沉着，指挥战士在敌群中左冲右突。周大勇是在紧张的战斗和严酷的考验中，在党的教育下，成长起来的人民英雄。作品很注意表现周大勇英雄性格的形成过程，使得这个英雄人物的形象更加丰满，也更加真实可信。

《保卫延安》在艺术风格上有自己鲜明的特色，这就是：

1. 澎湃的激情、浓郁的诗意和深刻的哲理的高度结合；

2. 在严酷的典型环境中刻画英雄人物的艺术形象；

3. 气势恢宏，笔调豪放、粗犷；语言明白晓畅，朴实生动，既有浓郁的生活气息和群众风格，又富于激情的力量。

以"史诗"来切实衡量，《保卫延安》对时代的全貌和整体社会生活的艺术反映，还不够广阔，对敌人的刻画显得单薄，英雄人物内心世界的开掘也不够丰富多彩，节奏上略显单调。作品的这些不足，带有一定时代在认识和理论上的局限，然而，这只是白璧微瑕。《保卫延安》在长篇小说创作中达到了 20 世纪 50 年代初期的最高水平，不愧为我国当代文学宝库中的一件瑰宝。遗憾的是，这部全景式描写延安保卫战争的艺术作品，在 20 世纪 50 年代末期因为我国政治生活的不正常而停止了印刷。1978 年 12 月，彭德怀冤案被平反，1979 年这部书第 4 次印刷，并被译成多种外文，享誉文坛。

《保卫延安》出版后不久，杜鹏程从边疆回到内地，担任中国作家协会西安分会副主席，成为专业作家。他积极投入到我国的铁路建设工地，深入宝成线，常年奔走在深山峻岭之中，先后写出了中篇小说《在和平的日子里》和系列短篇小说《工地之夜》《第一天》《延安人》《年青的朋友》《平凡的女人》，出版了散文集《速写集》等作品。特别是《在和平的日子里》突出描写了我国当代知识分子形象，塑造出他们敢于将自己的命运和祖国的命运紧密结合在一起的可贵精神，引起了文坛的注意，成为优秀之作。短篇小说《夜走灵官峡》收入中学语文课本。他从孩子的侧面和对话的艺术手法，描写了铁路建设者忘我的工作热情和贡献精神。这篇小说剪裁巧妙，构思精巧，把写景与刻画人物形象很好地结合在一起，互相彰显，很好地表现出建设年代那种热火朝天的劳动氛围和时代特征。且看杜鹏程如何刻画人物：

石洞门口有个小孩，看来不过七八岁。他坐在小板凳上，两个肘子支在膝盖上，两只手掌托住冻得发红的脸蛋，从帘子缝里傻呵呵地向外望着对面的绝壁。我进来，他看了一眼，又朝外望着。

石洞挺大，里头热腾腾的，有锅碗盆罐，有床铺。床头贴着"胖娃娃拔萝卜"的年画。墙上裱糊的报纸，让灶烟熏得乌黑。

"屋里怎么没有人哪？"我一边说，一边抖着大衣和帽子上的雪。

坐在那里的小孩扭转头，眼睛忽闪忽闪地望着我，说："叔叔！我不是个人？"他站起来背着手，挺着胸脯站在我跟前，不住地用舌头舔着嘴唇，仿佛向我证明：他不仅是个人，而且是个很大的人。

我捧住那挺圆实的脸盘说："小鬼！你机灵得很哟！"

他把我的手推开，提着两个小拳头，偏着脑袋质问："哼！叫我'小鬼'？我有名字呀！"他指着床上那个睡得挺香的小女孩说："妹妹叫宝情（成），我叫情（成）渝！"

不用问，这孩子像我碰到的千百个孩子一样：工地里出生，工地里成长。工人们喜欢用工地的名字给孩子命名。成渝这孩子大约生长在成渝铁路工地，那个叫宝成的小女孩，也许就出生在此处。

我坐在火炉跟前，一边抽烟，一边搓着手上的泥。

成渝趴在我的膝盖上，伸长脖子，望着我的眼睛，问："叔叔！明天还下雪？说呀，叔叔！明天还下？"

我把那冻得发红的小鼻子按了一下，说："天上要通电话，我一定给你问问。可是——"

呵！他恼啦！一蹦起来，站在离我几步远的地方，皱着眉头，偏

114

着脑袋，把我上下打量了一番，说："你！哼，还哄我！你口袋装着报纸。报上有天气哩。"

哦！他是说，每天的报纸上都登载着天气预报的消息。这小家伙精得很哪！

成渝哝着小嘴巴，又坐在门口，双肘支在膝盖上，两手托着圆圆的脸蛋，从帘子缝里望着对面的工地。我问他水壶在哪里，他也懒得说。真后悔：不该得罪这位小主人！

我说："成渝！明天还下雪，是不是你就不能出去玩啦？"

他连看我也不看，说："爸爸说，明天还下雪，就要停工哩！"

我说："你爸爸这样关心天气？他干啥工作？"

他骄傲地说："开仙（山）工！"

"在哪里开山？"

他努着小嘴巴，指着对面的工地。

这段描写，利用写景和"我"与石洞里的"小孩子"的对话，既描写出小孩子的机灵与纯净的心地，又从侧面刻画了孩子的父母亲风雪之夜还紧张地在铁路工地施工的动人形象，堪称小说描写人物的神来之笔。艺术角度选择很巧，孩子的语气与神情刻画相当成功，语言简练到白描的程度，而又形神兼备，是我国当代短篇小说不可多得的艺术精品。

路遥说，在和他同时代的作家中，杜鹏程是少数属于敢踏入"无人区"的勇士，"并敢在文学的荒原上树起自己标帜的人物。他是我们行业的斯巴达克斯"——这话说得非常准确。《保卫延安》的写作经历就很能证明，杜鹏程一生的创作实践也能证明。他在作品中表现出来的深邃的哲理与澎湃的激情，以及他对文学艺术的不懈追求精神，都是后来者学习的榜样。

——写下这些文字，我的脑海里不断翻腾着杜鹏程那清癯而坚强的形象。新时期开始之际，他居住在翠华路的一座高层建筑里，房子宽敞明亮，书桌十分宽大，堆放着高可盈尺的手稿。杜鹏程俯身在书案上，紧张地思索，紧张地创作。进去后，他常常取出新出版的著作，用力地写下题赠的话，署名，落下具体日期，递交给我，脸上往往流露着自信而畅快的笑容，好像在说，怎么样？小伙子，努力啊！

是啊，回忆一个前辈，一个对自己有恩惠的长者，重要的是记叙他的文学事业和艺术作品，而不是已然消失了的日常生活凭着自己有倾向的"记忆"生成的"往事"，我以为这是对杜鹏程最好的回忆，也是对黎风教授当年的教诲的回应与补课。

怀念陈忠实老师

确切地记得，1982 年，我还在读书，在一个美丽的夏日，收到了陈忠实老师邮寄来的短篇小说集《乡村》，心里特别激动——这是我平生第一次收到当代作家赠送的著作，而且还是我非常心仪的作家——那时候，中国当代文学正在如火如荼地快速发展，不断涌现出一批一批的作家"新星"和新作品，似乎给这个悸动不安渴望着进步的社会，带来一波又一波的轰动效应。这些作家"新星"一时间成为青年的"偶像"，笼罩着神秘而又神奇的色彩——在学校的大礼堂，我曾经听过陈忠实老师地道的关中方言讲述的关于小说创作的报告，印象最为深刻的是，他说，写小说就是写人物，而写"人物，必须把人物放置在矛盾旋涡中去写"，还说，写作要屏住一口气，不想当官，不想发财，不想……说到这儿，陈老师刀刻一般的脸上，凝固成他的经典神色：神态自信，双眼放射出锐利而坚定的目光。这目光似乎能看透人，看透人心里的角角落落……

从此，我开始了与陈老师长达几十年的交往，他每有新作，便会写信告诉我。1982 年，他写出了中篇小说力作《康家小院》，不久在

《收获》上发表，我四处找寻当期的这本文学杂志，找到后，又故意放置在书桌上不去阅读——对于好的作品，人往往是先睹为快，可是，我的感觉是，不能急着读，一定找一个相对来说比较整块的时间，也必须有一个安静的可以令人潜心阅读的环境，这样进行阅读，才能集中心思认真地咀嚼文字，从这些优美的文字里得到审美的愉悦和心灵的极大满足。我喜欢阅读陈老师的小说，因为，他所描写的小说题材，绝大部分是农村生活，而所描写的人物形象，也是我十分熟悉的。读他的小说，仿佛回到了我的故土，一切都是那样的亲切，一切都是那样的真实，就连小说里的人物环境也与故土的四季转换风雪雨霜相似。尤其是语言，是地道的关中农村的语言，凭着这语言，就可以想象得出这是怎样的人物说出来，甚至人物的神情以及特有的辅佐语言表达的手势、身体的姿势，连同他们的处事方式和生活程式也历历在目——这种艺术感觉，在阅读柳青的《创业史》的时候，就产生过，现在，阅读陈老师的小说，仍然有这样的深刻体会。他们写关中农村，真是写透了，入木三分。

《康家小院》写"下河湾里康家村"里的"残破低矮的土围墙里的小院"土坯客康田生和他的"生就的庄稼坯子"的儿子勤娃以及他新媳妇玉贤的故事。玉贤上冬学时被杨教员的文化气质所迷倒而与其有了私情——本来安宁和谐的康家小院，顿时卷入巨大的矛盾旋涡之中。怎样化解这个"矛盾"和平静这个"旋涡"呢？陈忠实调动起来全部的笔墨，写出了康家村里的世态人情和各色人等——这部中篇小说以及后来的《蓝袍先生》，是他的长篇巨著《白鹿原》写作前的艺术操练——他在《白鹿原》的创作手记《寻找属于自己的句子》里说："起码区别于自己此前各篇的结构形式。"这就是说，《康家小院》等中篇小说的创作，都是在积累结构小说的不同形式的经验，为后来的长篇小说创作奠定好艺术基础。

大约是 1992 年前后吧，我所在的部门举办了全市学生作文竞赛活动，要结集出版这次作文竞赛活动中评选出来的优秀作文。出版优秀作文集，能有著名作家题写书名最好，也是对爱好写作的同学的有力激励。于是，我便前去西安市建国路陕西省作家协会，请陈老师题写。自然，这件事得到陈老师的支持，他在书桌上展开宣纸，浓墨重彩地写了书名，并顺口告诉我，他的长篇小说《白鹿原》将在今年的《当代》第六期发表，这自然是极大的喜讯，心里就盼着赶快看到《当代》。好在我所在的城市一向书业比较发达，过了不久，就在报刊销售处购到了。不过，这期的《当代》只刊发了《白鹿原》的前半部，尽管这样，我还是躺在床上，一天一夜认真并且极为兴奋地读完了……过了春节，一直期盼的新一期《当代》来了，才把整部《白鹿原》读完。

陈老师的《白鹿原》出版后，一时间洛阳纸贵，没有想到的是，很快，我就收到了陈老师签名的《白鹿原》初版本——《白鹿原》出版至今，仍然很少有超出这部巨著的长篇小说，已然成为我国当代文学史上的经典之作。对于《白鹿原》，如同我对老前辈杜鹏程的《保卫延安》一样，我不曾写出一篇像样的文字，原因也如同我前述的理由，是因为，研究《白鹿原》的大家之作太多太多了，能涉笔为文的选题，都有人写过而且写得比我想象的还好，在这样的情形下，我只有愧疚而没有勇气写出一些文字来。

我能做到的是，一次又一次认真阅读《白鹿原》，从这部巨著里面吮吸思想和艺术的力量。不过，通过《白鹿原》，我才比较正式地接触到了影响陕西关中地区千余年的关学学派，从而开始阅读张载、蓝田吕氏兄弟以及冯从吾等人的著作。对我理解关学源流帮助最大的一部书是冯从吾的《关学编》。这是一本薄薄的书籍，初版于1987年，书中简略而精要地介绍了自张载以下的诸位关学大儒，我才知道，在我国的思想哲学史上，有这样一脉流派存在。从此，我正式开始阅读我国古典哲学著作。这也许是陈老师的《白鹿原》带给我的最为有益的读书启示吧。

由于我的性格的原因，平时，除去工作之外，绝大部分时间都是居家读书，很少主动与人走动来往，好在陈老师知道我这个秉性，并不因此而疏淡。他曾经在评论我的散文的文章里说："不敢自命为淡淡如水的君子之交，却也可自信庸常无益的来来往往拉拉扯扯不曾发生"——这话说得真好！不管是师生还是朋友，一个人与一个人相交，贵在交心，心里认同了，便可以信赖可以生死之交。司马迁在《史记·汲郑列传》里说："一死一生，乃知交情。一贫一富，乃知交态。一贵一贱，交情乃见。"这段话，对人与人交情的阐述最为精当也十分深刻。尽管我不善于走动，在一些会议上，有时偶尔能遇见陈老师，他总是十分关切地询问我的近况，也简单说说他正在忙的事情。

我的书房里，悬挂着陈老师写的书法作品，内容是刘勰在《文心雕龙·物色》里面的两句话："既随物以宛转"和"亦与心而徘徊"——这两句话的意思是说，作为写作者既要恰当地描绘出景物的感性形象，也要表达出作者对景物的感受。这是陈老师非常喜欢的两句话，也许，他的全部文学创作的奥秘就在这两句话里呢。

　　陈老师患病以后，我听到不少朋友说到他的病情，但是，万万没有想到病魔居然很快就夺走了他的生命，而他正处于"庾信文章老更成"的人生阶段，真让人感到十分悲痛！在追悼大会上，数以万计的人高举着印在报纸上的他的相片，默默地流淌着眼泪，排着长长的队列，为他送别……在答记者问的时候，我回答道："陈忠实的文学意义，将会在现在与将来的文化与文学史上矗立起一座丰碑，因为他的笔触深入到一个民族心灵最隐秘最核心的地方，这是轻易不能超越与否定的思想品格和艺术质地。《白鹿原》是任何奖项不足以标志的小说，陈忠实不朽！"

　　今天，整理书房，不经意间找见了陈老师的这本最早出版的短篇小说集《乡村》，看到扉页上他那刚劲有力而又非常流利的题词，我的心不由得抽缩了一下。物是人非，陈老师已经离别人世好久了，但是，他仍然活着，活在他的伟大作品里，只要"文学依然神圣"，陈老师就会永生……

丝之端

常常在想，我国古代文明确实太灿烂太伟大了。就说丝绸吧，真是非常了不起的发明，直接的作用是把人类的衣服材质由树叶、毛裘和麻织品等解放出来，可以做成轻暖或者凉爽且色彩斑斓的衣服，更为重要的是在纸张没有出现之前，丝绸是质料非常好的文化载体——可以在丝绸上绘画和书写，用于记载人类的思想和历史进程，以及表达情感与传递信息。可以想象，在几千年前，人类就开始很"奢侈"地使用如此豪华的"纸张"，真令人羡慕不已。遗憾的是，由于年代久远及没有很好的保存条件，丝绸上的"书写"至今尚未得到出土文物的证明。流传下来的是古代人"书写"在甲骨上的"文字"。

1900 年左右，甲骨文终于被一代学者王懿荣先生在"无意"中发现了，在中医开列的药单里有一味名之曰"龙骨"的药材，上面竟然刻画着汉字——这是多么让人振奋的消息，后来，通过考古学家在南阳殷墟的持续发掘，终于揭开了这个汉字王国的秘密，史称"甲骨文"。当我千里迢迢驱车专程到达殷墟，走进汉字博物馆，看到甲骨上刻画的精美的文字符号的时候，心灵为之震动，这就是汉字的起源吗?

汉字的起源就在这里? 据说,当时的经学家章太炎先生不认可"甲骨文"。其实,仔细想想,确实如此,这不是汉字的起源,只能说是汉字"书写"材质的一次发现。材质与汉字既有关联又没有关联。为什么呢? 因为,汉字是独立的表达声音、表达语义和具有一定形状的语言符号,甲骨只是用来"书写"汉字的材质。也就是说,汉字应该很早很早就出现了,仓颉是传说中第一个"书写"出汉字的人,他首先把汉字"书写"在"土地"上——这"土地"就是"书写"汉字的材质。

当然,"书写"在"甲骨"上的汉字,记载着"夏商周三代"的社会生活和历史现象,这是研究上古历史的真实的文字记载,是非常珍贵的历史材料。要说"甲骨文"的价值,就是这些汉字所表达的社会情况和思想、情感以及由此而表现出来的历史文化,这对人们认识那个独特的时代提供了准确的文字信息。

汉字的源头究竟在哪里呢?

至少应该是黄帝时代,也就是仓颉造字的年代,甚至更早。仓颉可能只是汇总了各个氏族部落流传使用的文字,类似于秦代的"书同文",制定出相对统一的"文字",便于各个部落之间的信息、文化交流,也便于黄帝的统一行政管理。可以想象,黄帝在涿鹿打败了强大的部落首领蚩尤之后,基本上把黄河流域并入自己的辖制范围。要管理这么辽阔的疆土,没有统一的文字是不可能的。仓颉由于担任着黄帝的史官,着手这样的工作是非常顺理成章的事情。正是因为仓颉从事了这项能够想象出来的艰巨而烦难的文字统一工作,才流芳百世，成为汉字的"鼻祖"。

问题是，丝绸的产生与汉字的"书写"有没有关系呢？如果做这样的假想：在黄帝统一了黄河流域之后，经由仓颉整理规范了统一的文字，这规范统一的文字成为社会生活和国家管理的语言工具，那么，既然有了文字，就需要文字"书写"的材质。有这么几种可能：① 树叶、兽皮；② 兽骨（乌龟壳、家畜骨头）；③ 陶器、丝绸；④ 钟鼎，等。以树叶为"书写"的材质，古人有这样的习惯。例如，唐朝的著名诗人郑虔年少时比较贫困，借住在寺里，缺少纸张，于是，他就采集相对完整和面积较大的柿叶来"书写"自己的文章和诗句，终于有了自己的功名。兽骨呢？不必再说，"甲骨文"就是很好的证据。丝绸呢？也有，至今保留下来的是 1949 年在湖南长沙陈家大山楚墓出土的《夔凤人物画》，图中侧立一秀女，头挽下垂发髻，广袖紧口上衣，绸带束腰，长裙摇曳，合掌作揖祷祝。这是目前能够看到的比较好的丝绸画。当然，能在丝绸上面画画，就能"书写"汉字文字。而以陶器、钟鼎为"书写"的材质，就非常多了，此处不再赘述。

我国丝绸最早产生于什么时候呢？这是我一直有兴趣的问题。读到著名考古学家李济先生的《西阴村史前遗存》这部书，终于找到了答案。这是他 1926 年 10 月，主持西阴村仰韶文化遗址发掘时，除挖掘出 70 余箱破碎的新石器时期仰韶文化遗物外，还有一个重大发现：这就是"一枚用刀削过的半个蚕茧化石"——这真是相当重要的考古成果！经过科学测定，这"半个蚕茧"，确实是家蚕茧，因此证明了中国人在史前新石器时代已懂得养蚕抽丝。

看过李济先生的专著，心里忽然产生出一种强烈的意愿，想去西阴村文化遗址看看，身临其境地感受我国丝绸的发祥地。经过案头工作，知道西阴村文化遗址就在黄河对岸的陕西省运城市夏县，距离不是十分遥远。于是，趁着早春天气，驱车东去。西阴村文化遗址位于夏县尉郭乡西阴村村北头，与村委会相邻，远处是鸣条岗和已经干涸了的涑水河，东南隔青龙河依中条山，土地平整辽远，村舍俨然而绿树成行，道路方便。

到达西阴村文化遗址，已经是下午时分了。处于灰岭土塬下，南北方向，沿着土塬一字儿排列着几座新旧纪念碑，最早的石碑是 1956 年 5 月山西省人民委员会、夏县人民政府立的"西阴遗址"碑，中间是运城市人民政府、山西省文物局 2006 年 10 月立的"西阴遗址发掘八十周年纪念碑"，还有夏县人民政府重刻于 2002 年立的"西阴文化遗址"石碑——这些，都说明了这处新石器时期的文化遗址具有非常重要的考古意义和价值。此时，遗址除去这几块石碑之外，就是黄土断崖一般的土塬，下边是人们栽种的树木，只有断崖上面的几株老树，在寒风里抖挺着遒劲的枝梢，仿佛还能渲染出带有北方初春的古意图画，其余，都沉默在亘古的时空里了。

遗址的铁栏杆上，粘贴着一幅简单的说明。说明上介绍，《史记·五帝记》里记载"黄帝居轩辕之丘，而娶于西陵之女，是为嫘祖"。嫘祖为黄帝正妃，西陵即今夏县尉郭乡西阴村云云。对了，说到西阴村的"半个蚕茧"，就联系上当地关于嫘祖的传说，嫘祖据说是丝绸的发明者。这里流传着嫘祖和小白马的故事。嫘祖的父亲是黄帝军队里的一员大将，常年征战在外，嫘祖与家里的小白马相依为命。嫘祖极度思念父亲，有一天，她对小白马说，只要能接回父亲，她愿意做小白马的妻子。小白马一声长啸，飞奔出门，进入军营，接回了父亲。父亲回家知道真相后，不同意女儿嫁给小白马，一箭射杀了小白马。嫘祖伤心不已。这时候，邻居一个名叫雪花的姑娘，来找嫘祖玩，看见小白马的皮，说道：你还想娶嫘祖姐姐呀！一言未了，小白马的皮忽然裹住了雪花姑娘，一路飞走了。嫘祖追呀追，直追到一棵桑树前，只见小白马裹住雪花姑娘变得愈来愈小，变成一个小白团，紧紧黏在桑树上。嫘祖伤心极了，唤之为"蚕"，吐出的白丝成了"蚕丝"——这就是丝绸的由来。

蚕的生存必须有桑树，可是，打量西阴村四周，别说桑树了，其他品种的树木也很少，更未见村中有古树。沧海桑田，地壳运动，气候变化，也许，几千年前的西阴村一带，正如上面的说明里所云，这里到处是郁郁葱葱的桑树林，适合蚕的生存，成为我国丝绸发展的端点。

既然嫘祖是黄帝的正妃，也就是说，远在传说中的黄帝时代，丝绸就已经出现了，而且，传说也佐证是嫘祖的功绩。那么，丝绸的出现，除去制作衣服之外，还能装饰宫殿和制作衾被诸物，提升了人类的生活质量。还有一个很好的功用，应该就是充当文字"书写"的材质，这是情理之中的事情。你看，黄帝的史官仓颉整理统一了文字，嫘祖又发现了"蚕丝"进而有了"丝绸"，在远古缺少价廉物美的"书写"材质情况下，能有这样便于"书写"便于传递和保存的文字记载材质，实在是"天赐之物"，绝好的文化载体。

只不过至今尚未发现远古时代"书写"在丝绸之上的出土文

物。如果有一天真的出土了这样的东西，我国的文字发展更能延伸到新石器时期，这真是一个值得期待的奇迹呵！我相信会有这样的一天。

秋黄花

真的，很是怀念一株鲜艳的秋黄花，确切地说，是一株无名的黄花。见过那一次之后，便也再没有见过，一直到现在也没有见过，一株生长在关中平原辽阔的庄稼地尽头的土埝上的秋黄花。

秋天的土埝上茂盛的酸枣树挂满了干瘪而深红色的圆形的小枣，还有一丛丛碧碧的扁叶草，土埝的断面上布满了结着类似豌豆角一样的细长果实牵着卵叶的藤蔓，对了，就是在这藤蔓的间隙里和碧碧的扁叶草丛里，吐出一枝两枝三枝……格外精神格外明艳的秋黄花，在秋天的蓝天白云下面，开得灿烂一片——是的，只能用"灿烂"这个词来形容，其他的词没有"灿烂"确切，也缺少了内在的向上的花的精神。

花的品类很多很多，大凡是植物，除去极少数都是要开花的，这是大自然赋予植物的延续生命的本能。开满了花，才能有果结，有了果实，才能孕育出种子。植物用种子来延续植物的生命。英国的生态和植物种群生物学专家乔纳森·希尔弗顿先生曾经写过《种子的故事》这部书，专门给大家介绍了种子的演化过程。种子也是一个非常迷人的世界——然而，在植物的生存链节上，花是植物种子形成的先决条件，或者说，花就是种子形成的序曲，没有这个序曲，那就决然没有种子了，植物也就不再可能延续自己的生命。当然，有的植物就不需要种子延续自己的生命，而是通过插扦植物枝条的方式来延续自己的生命，但是，归根结底，还是要有种子。种子的力量非常强大，曾经在黄土高原与关中平原的边缘地区绵延几百公里的群山的一处山岩上，看见过生长着粗大而苍翠的柏树，那裸露的虬一样的根深深扎进巨大的青色的巨石上，巨石为之开裂——种子具有这样顽强的生命力。青草的种子同样具有顽强的生命力，不管是东南西北风的吹落还是候鸟或者流水带来的，遗落在什么地方就在什么地方生长，富饶也罢，贫瘠也罢，沙滩也罢，山峰也罢，都能有滋有味地落地生根成长起来。不过，由于种子遗落的地域有别，青草的发育也有旺盛或者不旺盛之分。可是，旺盛也好，不旺盛也好，总得活着，依然走过春夏秋冬的岁月，该发芽就发芽，该开花就开花，依照着生命的节律在生长，到时候就枯萎，到时候就葳蕤，守着一份寂寞，或者演绎着一世的热闹。

这一株秋黄花，还好，既没有生长在深山的岩石之上，也没有生长在名贵的花木之旁边，无清风之抚摸，也无热风之炙烤，平淡得再也不能平淡了。庄稼地尽头的土埝能有多少风光呢？净是一窝一窝的酸枣丛，还有扁叶的不知名的青草，要不，就是几棵孤零零的野椿树。在深秋的季节里，微微的晨霜里，吐出一腔的心血染红了狭长的树叶，燃烧起几朵给人温暖的火苗，在寒风里摇曳——这株草，密密的圆状的叶子，细弱的枝条，却挺立出几枝明赫赫的鲜艳的秋黄花。

是鲜艳的，格外地鲜艳，在周围的碧碧如茵的青草丛里格外醒目……

秋黄花是我给这株草花的命名。我不知道这株秋黄花的真正的植物学意义上的命名，只知道在关中平原辽阔的庄稼地尽头的土堎上生长着这鲜艳的黄色的花，单株挺立，特别是在深秋的早晨，寒风掠过枯黄的蒿草，这花就开始吐艳了，犹如寂寞深闺里羞涩而对世界充满了好奇的处子一样，纯真而率性，毫不做作，在衰草碧连天的霜地里绽开笑颜，给整个天地带来了一股清新向上的气象——花也是有性格的：有的雍容高贵，有的艳而不俗，有的迎风独立，有的含媚低俗，有的风骨凛然……这秋黄花呢？应该就是风骨凛然，却也散发着内在的芳香，静静悄悄地开放，静静悄悄地给深秋的清晨妆点起希望的亮色。

有些事物甚至相识很久的人，也许，在离别之后，逐渐地淡化以至于再也回忆不起来了，因为，这些事物和相识很久的人，并没有在心灵里留下刻骨的痕迹。这刻骨的痕迹不管是仇恨也罢还是热爱也罢，总会给人心灵上留下不能磨灭的快乐或者痛苦的永远难以忘怀的情绪抑或情感，然而，这样的痕迹太少太少了——人与人之间的交流的阻滞越来越多，人与计算机及宠物之间的交流却越来越频繁越亲密。这就是现代社会特别是科技革命带来的弊端之一。人，到底是孤独的。

孤独的人，是强大的也是软弱的。孤独的人在思索的时候，是强大的。这种强大是思想的强大。秋黄花是植物里的孤独者，孤独地开放自己的鲜花，孤独地屹立在庄稼地尽头的土堎上。"驿外断桥边，寂寞开无主"，陆游笔下的梅花也是具有风骨的花，到了开花的时节，便吐出美丽的花蕊，就是"零落成泥碾作尘"也会"香如故"——秋黄花没有这般颓败黄昏般的心理，而是倔强地绽开笑颜，在淡淡轻寒的秋风里张扬起自己的生命，凝结着昂扬的气韵！

秋黄花虽然不是名贵花木，却敢于和在霜天里"冲天香气透长安"的菊花相并肩。然而，在我看来，秋黄花充满了原始的自然的美，是"天然去雕饰"的美，这种美更加令人感动而永远不能忘怀。白露过后，几场寒雨，秋色已晚，还能在关中平原庄稼地尽头的土埝上看见这明艳的积极向上的秋黄花吗？

祖　屋

　　好久没有回到祖屋了，很想回去看看。看看什么呢？看看院子里的依然粗壮浓密的大树，看看满院子碧绿碧绿生机勃勃的青蒿，看看残存的黄土老墙上斑驳的苍苔，看看雨后一片一片疯长的草。是啊，这座有着上百年历史的祖屋，现在，孤零零地飘摇在故乡的风雨中，过去的邻居早已经搬迁到向阳的临近大路的地方了，只有院子里的青桐树还枝叶茂盛，默默地守护着祖屋……

　　坐在祖屋已经破败的大厅房里，找出早就被灰尘遮蔽得失去固有容颜的小饭桌，从屋前的土窖里打来清凉而甘甜的水，用柴火烧开，泡一壶泾阳老茶，慢慢地含着，然后舒畅地吞咽下去，看着眼前的断壁残垣和无忧无虑生长的各式各样的花草，心里不由得一阵感慨。真是应了乡村的一句老话：人是房屋的橼子。没有了橼子，再结实再宏伟的房屋都会很快衰败下去，很快倒塌而成为废墟。

　　人与房屋，人与一切由人工建造起来的建筑物都是这样。想想也确实是这样，无论是怎样张扬而伟大的人的建筑业绩，也无论是怎样结构复杂装修精美，在大自然面前都是微不足道的东西，尤其是在时间面前，都是非常脆弱的，脆弱得不堪一击。据说，在公元前三世纪的前期至公元一世纪的初期，世界上规模最大的城市——长安城，如今也只能在类似《三辅黄图》这样比较专业的历史地理书籍中去寻找依稀存在的模样了，还好，文字保留了过去秦汉时代这样规模宏大的城市概貌。而在乡村则确凿没有任何哪怕是简略到几句话的建筑物记载，假如土层真的有记忆的话，也许，乡村历代的村落与房屋或许还能保留着原有的模样，可是，复现与还原这些，就目前的科技发展水平还不能达到这样的程度。

别的不说，就祖屋而言，爷爷一代人和父母一代人相继离开之后，兄弟姐妹天各一方，过去曾经在乡村虽然不能算得上多么气派的庄稼院，倒也门房、磨房、草房以及厢房和厅房齐全整齐，基本满足了农耕时代的生活和生产的居住需要——更值得一提的是，尽管不是上乘的木料和一水儿青砖砌墙，但是，整个房屋的布局和安排都很实用也很符合建筑的艺术规律。街门开始逐渐升高，大致分为三个平台，由大门进入院落是一平台，有三级台阶，院落至厢房也需沿台阶而上，而厢房到达厅房，又是三级台阶——这是典型的关中乡村的院落，家里的居住也按照一定的辈分由高而低次序排列。厅房是祭祀祖先和大家用餐的场所。整个院落先由祖母后由母亲相继是两个姐姐，在黎明时分便开始从里向外洒过清水之后再用苦高粱穗子结扎而成的扫帚扫除干净……

后来，当我仔细研习儒学经典，特别是阅读《周礼》《礼仪》的时候，才终于彻底弄明白乡村庄稼院落在修建和居住之中所蕴含的道理及讲究。说到底，这是严格按照期盼家族兴旺和家庭长幼尊卑来起院落和安排居住的——你看，院落逐渐由低而高的格局是暗暗应和人往高处走的寓意也便于排水的通畅，至于居住便是不言而喻的人伦规范——在某种意义上，儒家的家国情怀乃至政治伦理道德思想早就渗透到我们的血脉之中了，按照西方哲学家荣格的观点属于"集体无意识"——也就说，房屋的建筑与居住也无不体现着这些文化和思想因素，凝固成了我国数千年来的循环往复的核心精神，也决定了今后的发展方向。

儒家学说以及儒家学说为思想支撑的我国古典文化，真还是我国独有的精神资源。这种精神资源不仅是古代历史进步的思想动力，而且是今天我们需要认真研究的珍贵文化遗产。这种珍贵文化遗产既留存在大量的文字之中，也留存在诸如乡村建筑和与家庭与社区人际交往关系之中，祖屋以及发生在祖屋的故事，就能说明这些。只有这些才不会永远湮灭在漫长而浩渺的时间里。

炉灶里的柴火一点一点地燃烧着，给有点昏暗的厅房带来了一片明亮，喝着泾阳老茶，慢慢地回想着以往的旧事。这已经倒塌的东厢房，曾经是我居住的房间。高中毕业以后，成为返乡知识青年，回到乡村，参加农业生产。那时候，还是人民公社时期，自然形成的大的村落一般编制为一个生产大队，而生产大队又以较小的自然村落划分为生产小队。生产小队是集体核算的基本单位，也是管理社员的基本单位。千万不能小觑了这生产小队，一旦落入这个编制，那么，你的生存和人生前途就定根在这个地方了，你的荣辱起伏就在这个地方开始了。生产小队的队长就是村落里独霸一切的绝对的大领导，队里的金融、粮油分配以及村落里的人事安排，莫不体现着队长的权力和威风，稍不如意，那么，呵呵，给你兑现得立马当场，最为脏累的活儿在向你亲切地招手……如果在这个小村落，家族相对壮大，那情形就会不一样了，小队长有时候还得看着眼色行事——我们的家族是很早以前就由洛河岸边的一个聚族而居的大村落迁移到此的，不是本土的氏族。不用说，单门独户是要谨慎小心处处讨好大户人家才能过好自己的日子。好在我们家族在外工作的人员多，其中，我的父亲还是解放前就参加革命的老干部，所以，在这个小村落里还不至于沦落到下层仰人鼻息——因而，每当我阅读陈忠实先生的长篇小说《白鹿原》的时候，就非常注意对白、鹿两家其实属于同一家族的明争暗斗的描写，是那样的真实而生动，这才是对中国农村真正的本质的艺术描写，揭示出中国农村最为原始最为尖锐却又笼罩在含情脉脉的面纱下面的残酷斗争，表面看起来事情细碎而又不值得争长论短，可是，背后却能演出一场波澜壮阔的大戏……

这实质上就是宗族之间的矛盾。宗族之间的矛盾有时候并不是仅仅局限于经济利益，更重要的是一种精神认同以及骨血意识——儒家学说的根恰恰就安置在这里，从这里出发并发扬光大，很容易获得人们的心理接受。不过，儒家学说高妙的地方是，不断地升华自己的学说，从家到家族到社会到天下结成一个整体，规范和引领了我国从古典时代走到现代社会，从而成为主流文化与精神文明。

想到这儿，不由得抬眼望了望祖屋的四周，仍然是一地的浓荫和丛丛的绿草。回首看看，这座老厅房稳稳当当地屹立在院落的中央，而环围着厅房的门房、磨房、草房和东西厢房都坍塌消失了，忽然想到：厅房就是一个院落的骨架吧——骨架在，院落再荒凉也能很快建造起来，没有骨架就没有了院落。现在，我就站立在祖屋院落的骨架里，心想，若是回来的时候，带上正在阅读的《春秋繁露》就好了，利用这个空闲，正好思考下董仲舒。

祖屋是过去时代遗留的家产，也是哺育了一代又一代人的地方，记录着一家人的悲欢离合，也庇护着家族的每一个成员。无论走得有多远，走的时间有多久，总是要回来的，回到这虽然黯然失色却永远温热着灵魂的家……

炎热与水及乡村的解读

丙申年的夏天确实太热了，热得简直无法无天，气温蹭蹭往上蹿，徘徊在 40 度左右，地表温度有的地方超过了 50 度，热得人无处躲藏，空调房不能久待，待久了身体就像灌满了水，湿冷湿冷的，况且，房间里的空气也不好。

最好的避暑地是山里，远远望去，蓝幽幽的秦岭仿佛人间的福地，"秩秩斯干，幽幽南山"，此时际，若是去了深山处，估计暑热顿消，一片清凉吧。不知道是现代工业社会深刻影响了天气，还是地球运转过程中到达一个高热的刻度，热呀，天空不见一丝云彩，太阳在疯狂地喷吐烈焰……渭北黄土高原的边缘地区，缺少灌溉的土地，好久好久没有下过一滴雨水了，地里的庄稼叶子拧成了绳。

天气是在向人类示威吗？这极热而干旱的天气！

近些年来，由于生态环境的问题愈来愈成为人们关注的焦点，对于天气的变化与演进，也愈来愈受到人们的注视，引起人们广泛而持久地思索。研究历史的学者，也注意到了天气与气候对社会变革的影响。有学者指出，我国历史上的匈奴南侵，主要原因是由于炎热和干旱，大片大片的草原抵抗不住沙漠的侵蚀和缺少雨水的滋润，一次又一次令草原帝国走向崩溃，实在生存不下去了，就会铤而走险，卷起一场又一场以掠夺为主要目的的战争，破坏了黄河流域人们的安居生活。

黄河流域也十分缺少雨水资源，流传至今的关于人类生存的故事，大都与水相关，例如大禹治水。大禹治水，不仅仅是疏导了黄河以及天下的河流不再泛滥，更重要的是兴修水利事业——既然老天不会恩赐风调雨顺的天气，那就只好依靠人类自己的能力改善田地的浇灌，修筑水库，修筑沟渠，把大小河流之水引入庄稼地里。人类的历史就是一部与水相生相伴的历史。

地球是一个非常美丽的星球，据说，从高空遥望地球，地球是蓝色的。地球之所以是蓝色的，因为地球上有大面积的海洋。按说，地球不缺水，可是海洋里的水含盐分太多了，不经过科学处理根本不能饮用。地球的江河流水又分布不均匀，以我国而言，黄河流域的水资源就很少，在极端干旱的年份，就连远上白云间的黄河也断流干涸了。地表这样缺水，天上的云彩又是水蒸气构成的，水蒸气积累多了，才能下雨。北方，黄河流域太缺少水了，也就缺少了雨。

高温产生干旱，干旱又促成高温，都是缺水引起的灾害。胡焕庸线除去是我国经济、文化和人口的分割线，更重要的是雨量分布的分割线——水是万物生长的基本条件，如果离开了水，经济、文化和人口自然不会发达起来。曾经去书店专门购买了一幅比较大的我国地图，用铅笔和米尺画出来这条线，久久地凝视着。在这条线的西部、西南部和西北部，都是荒凉的高原和山地，如果有着丰沛的雨量的话，这些地域也应该是郁郁葱葱充满希望，可惜，天公不作美，雨量太少太少了。

西部、西南部和西北部的高山深壑之中，流淌着不少的河流，包括长江和黄河的源头都在这里。问题是，这些河流大多隐身崇山峻岭，轻易不会暴露出自己非常羞涩的容颜来——还在前些年，曾经溯源黄河最大的支流渭河这条河，从潼关出发，经过天水，穿过定西，直到渭河的源头渭源县的鸟鼠山——说句真话，当攀登上鸟鼠山的时候，深深地失望了。在我的想象里，鸟鼠山应该是林木苍郁的风景，可是，展现在眼前的是光秃秃的黄土色的山，只有初秋略带寒意的金风吹拂过胡麻地闪现出一片片透亮的光，才觉得这里蕴含着无限的生命力，一种洪荒之外的生命力。

渭河在这里发源，却又找不到具体的水口，山上的一块孤零零的石牌证实了这里就是渭河的开端——是啊，一条河的生成发育以至于浩浩荡荡茫无涯际，其起头未必是气势磅礴的深泉或者汹涌澎湃的水洞，而是看起来毫无江河征兆的一汪溪流，甚至有的连这一汪溪流也不存在——可是，就是有了这一汪溪流，曲折而去，沿途汇集了无数的类似于自身的或者更小的溪流，逐渐水势大了起来，大了起来，终于成为横空而来的江河……

站在鸟鼠山渭河发源的石碑下面，看着远处的群山，看着山脚下雨后翻腾着黄土泥浆瘦弱不堪的渭河，望着山前那一层一层绿色的梯田，心想：就是这条河不经意间成了我国文化的中轴线，围绕着这条中轴线产生了博大精深永世不衰的中华文明，多么了不起啊！面对这条河，我们还能再说点什么呢？再说什么都是多余的，渭河就是一条伟大的文明光带，这条光带星光闪耀，这条光带穿越了时空……

现在，八百里秦川几乎看不见纯粹的乡村了，西部大都市的崛起，引发了环边城市的快速发展，就是比较偏僻的地方也都已经城镇化了——有时候，特别是月明风清的夜晚，一个人遥望着远处和近处的不断闪烁的灯光，似乎感觉到全部的地方都闪烁起来了，一直闪烁到天边，想要寻觅一块没有闪烁灯光的角落，似乎很难很难了。这就是工业化发展的现象与结果——城市在无极限地扩展，乡村在无极限地沦落。

乡村无极限地沦落是整个社会文明的进步还是退步呢？这个问题不好回答。工业化是整个人类社会发展必须经历的过程，没有工业化的高速发展，就不会有现代文明也不会有现代社会生活，然而，人类的工业化发展就必须以无极限沦落乡村为代价吗？尽管美国的自然主义者梭罗很不赞成当时席卷而来的美国工业化发展，独自一人来到宁静的湖边，追求自然的符合人性的生活。可是，当 19 世纪已经成为历史，人类已经进入工业文明一个新的阶段，梭罗这种自然主义的生活方式已经成为历史的遗响，成为一种美好的生活回忆的时候，怎样替乡村找到一条不会卷入工业化道路上的生存方式，这才是值得关注的问题——然而，这又是一个悖论。乡村的将来，不会如同现在的美国特意保留的"印第安人村落"吧？仅仅是为了证明这是曾经有过的历史存在——这也许就是将来乡村的命运。

乡村的消亡如果是必然的趋势，假如将来建立类似美国的"印第安人村落"，这只能保存乡村的外部形制而不能保留乡村内部的东西或者说灵魂。自从出现乡村之后，乡村就与宗族文化密切相关，而宗族文化就是我国古典文化的根——古典文化是建筑在宗族文化上的，特别是儒家学说更是如此。假若抽取了宗族文化，儒家学说就丧失了得以建立的基础。当工业化席卷乡村而来，乡村逐渐融合于城市范围，人们的居住与交往得到了空前的自由与扩大，制约人们的亲情关系、宗族关系和乡村社会秩序就会出现新的"礼崩乐坏"局面，乡村最为根本的东西，即以宗族文化为核心的乡村文化就会随着乡村的消亡而消亡——现在就有这样的例证，一些乡村由于保存完好和交通方便，一般会发展起来"农家乐"，吸引城里人前来度假和消费。这本来是发展乡村经济积累乡村资本的好机会，然而，由于城市和其他资本的投入，乡村的"农家乐"已经彻底"转型"了：真正的乡村人撤离了祖居之地，租借给有能力有资本的新的投资者，他们另觅生路，或者去城市成为零工者，或者从事其他生计。这些借着"乡村之壳"的"新乡村人"，从根本上割绝了这种以宗族文化为核心的乡村文明，乡村成为城市的外延而已。

乡村逐渐消亡是让人非常惆怅的事情，也是这个历史空间最显著的变化。这个变化，确实是不以人的意志为转移的。从这个角度来说，乡村的历史就要终结了——然而，终结的历史现象是会深深引发人们的乡愁的，也就是说，对乡村社会心理上的挽留与诗意的想象同时产生出来，我估计，在这个历史过程里会产生不少关于乡村的文艺作品。废墟与遗响，往往会引起人的悲壮的情绪，这种情绪容易宣泄工业化带来的弊端与人的不适……

水的问题是现代社会工业化面临的最大矛盾之一。由于工业化一方面在急剧增加水的需求量，另一方面，工业化又在摧毁着水资源，大量的污染与工业废气的排放，水，特别是清洁的水，成为稀缺物品，成为比世间一切物质都要珍贵的东西，因为，水是生命之源。

天气炎热，说到底是这样的问题和矛盾造成的。怎样控制工业化进程，怎样祛除工业化带来的巨大的气候非常态问题，是人类面对的最为现实的事情——既然拒绝空调的湿冷与不适，于是乎找出不知道在何处旅游景点购买的一把蒲扇，坐在远离高楼的大树底下，缓缓地摇动，清风徐徐而来，甚是惬意。

书如故人可相亲

或长或短的时间，尽可收到四面八方的师友邮寄而来的图书或者报刊，当我怀着极其愉悦的心情用剪刀轻轻拆开这些包含着深情厚谊的图书包裹的时候，仿佛感受到了这些师友真诚的心，看见了闪耀着智慧和期盼着分享自己文学艺术成果的热切的眼睛……这一颗颗滚烫的真诚的心和一双双热切的眼睛，让我久久沉浸在书香墨韵之中，也沉浸在互相信任的友谊之中而不能自拔，不由自主地发出一声声由衷的赞叹。

深切地知道并也有着深刻体会，这些跋山涉水甚至漂洋过海来到书案的图书，无不浸透着作者殷殷心血，无不饱含着作者对生活对人生的极端热爱，也无不表现出作者顽强无畏的精神追求——是的，确实是这样！一位作者也许其人生并不完美，可是，在自己的心血铸就的艺术作品里，总是编织着一个充满着希望的美好的梦，总是把自己的全部能量在作品里闪烁出光明和理想，在字里行间凝聚着作者的思想与见识，也都充分地吐露出他们各自的艺术芬芳——因此，在我看来，这些图书，犹如一座座草木郁郁葱葱的高山，一条条奔腾不息的河流，展示出别样的风采和图景，都是值得珍重的精神财富。

阅读着这些图书，好似拉着每一位师友的手，深情地注视着他的眼睛，口不择言地表达着久久蕴积在心头的话，互道问候，然后是彻夜地秉烛对谈……谈天谈地，谈历史，谈现实，谈当下，谈未来，当然，也少不了谈世态的炎凉和憋屈在心底的不解和懵懂……读着这一部一部的图书，好像和师友们坦诚地进行灵魂的交流，精彩的话语和动人心魄的语言，常常激起热烈的思想和艺术共鸣，恨不能立时临风把酒，举杯邀月……

商量学问的最好情景，有人认为是江边渔火，三五知己，闲闲而谈。其实，这是一种非常理想化的商量学问的意境，必须同时具备这几个条件：一是有几个志趣相投的朋友；二是有清风朗月的江边好时辰；三是要有好酒；四是远山如画水香阵阵。具备了这几个条件，方可尽兴，方可脱离世俗，方可捧出一颗心来，融融乐乐，坐而论道，说得明白则好，说得不明白也罢，全在不意与会意之间；悟了便悟了，悟不了呢，也不打紧，悟与不悟，也就秋夜惊鸿，呖声而逝，都不放在心上——这才是商量学问的上好际遇，可遇而不可求。

不过，还是孤独地阅读为上，特别是阅读师友的图书，"书卷多情似故人，晨昏忧乐每相亲"，以此形容甚是恰当。何况，春风敲窗，明月在天，此时此际，万籁俱寂，神游书海，其乐陶陶。每有得人心处，心领神会，释书莞尔，玩味再三，或者彩笔勾勒，惊叹此君竟有如是才华，亦如醍醐灌顶，所获良多；不痛快处呢，也就一目十行，快速放过。暗自思量，若是执笔为文，断不可率尔操觚，力图写人人意中有而又人人口中无的绝妙好辞，方是为文之道。"道可道，非常道"，还是两千多年前的哲人说得透彻。

好在几经周折，书房不断扩容，既可以安顿好平日节衣缩食购置的大量图书，也可以收藏师友们惠寄的图书，更可以随了阅读的兴趣不断游弋在其中，便也是人生的极大乐趣。

"闲门向山路，深柳读书堂。"——这是唐代诗人刘眘虚最为向往的读书去处。想想也是，春风荡漾，柳丝如墙，窗明几净，四白垂地，焚香袅袅，手执一卷，神游故纸，该是多么惬意的事情。

岁月不居，日复一日，孜孜不倦地读着这"年年岁岁一床书"，也真应了"书如故人可相亲"……

天上飘来的丝带

天上飘来的丝带……

这条丝带沿着黄河，穿过关中东部最为开阔的平原地带，进入秦晋大峡谷，然后，逆流而上，一直飘呀飘呀，飘到陕西北部与内蒙古大草原相交接的也就是黄河拐了个弯的地方才落下来了。这条飘呀飘呀的丝带一头牵着高耸入云华山的手，一头牵着漠北长城的手，和黄河一道儿缠绕在白云间，缠绕在青山峻岭间——这就是陕西人决心开辟出来的沿黄观光路呵！这条路，刚刚通了车。刚刚通了车的沿黄观光路呵，就车水马龙了，把千百亿年在寂静的黄土高原和大山深处的黄河彻底唤醒了。唤醒了的黄河呵，裹着汹涌的浪涛击打着岩石与黄土，一路欢唱着冲出龙门，一泻千里奔流大海……

冲出龙门的黄河真壮观！

再也不是咆哮不已席卷天下的黄河了，而是摇身一变成为沉静雍容的智者形象了——辽阔的滩涂上一片一片郁郁葱葱的芦苇荡，成千上万亩碧绿碧绿的荷塘，还有映照着蓝天白云的天鉴一般的鱼池，这就是从龙门至洽川以及古城朝邑一带的黄河风光。特别是初夏时分，

146

特别美丽。河水容容缓缓漫流而过，杨柳长堤，绿树参天，十里荷塘，莺歌燕舞，一派江南气象。"烟柳画桥，风帘翠幕"，"云树绕堤沙，怒涛卷霜雪，天堑无涯"。这是宋代大诗人柳永歌咏江南的词句，这风景，这意象，形容这里的风光气象正适宜——是适宜，只是缺少了"三秋桂子"。呵，桂子是江南特有的嘉树，给江南氤氲了漫天的淡淡清香。不过，江南缺少了黄河岸边黄土高崖上成排成排高大粗壮的柿子树临秋燃烧起鲜红了半个天的霜叶，这是我国北方独有的景观，给人以希望，给人以力量，也给人以壮美，况且，在深秋飘动着无限诗意的荻花，那成片成片雪白的荻花是黄河水浇灌出来的大片大片芦苇向人们展示的绝美风景……

然而，令人遗憾的是，由于过去交通阻塞，在关中东部辽阔平原黄河岸边上的绝美风光犹如深闺的处子，未曾令人一睹芳颜。在人们的印象里，黄河流域只是大漠风沙，只是秦王猎猎战旗下的金戈铁马，只是荒凉的黄土高原和寂寞的群山，岂不知呵，这里的风光不是江南胜似江南。是啊，从古城朝邑到洽川，这是天地间又营造了一个江南，一个绝胜江南之美而又兼胜北国风光的好去处——当行车在这条丝带，哦，就是这条刚刚开通的沿黄观光路上，满眼的春色满眼的秋光会使人心旷神怡，恍若行走在美若仙子的西湖岸边，恍若行走在闻名天下的苏州园林里，恍若行走在"欸乃一声山水绿"的水乡……

这条天上飘下来的丝带，真好，飘呀飘呀，贴着黄河一直飘。飘过了黄河滩涂，飘过了山，飘过了沟，飘过了密林，飘过了荒漠，黄河不断流，丝带就不断地飘；这条丝带呀，就像梦一样飘过了周，飘过了秦，飘过了唐，飘过了宋，飘过了明，飘过了清，飘过了几千年。直到今天，这梦一样的丝带呀，才真正飘起来了，飘起来了——你看，黄河走，丝带走，黄河挽着丝带走，丝带靠着黄河走，黄河里起伏着五彩缤纷的丝带的光与影，丝带上散发着黄河雄壮激昂的歌与情，这是陕西人千百年来的梦想，这是陕西人铿锵在中国梦里的伟大坚实的足音！

我国山川纵横，沟壑丘陵，特别是西部区域，能有四通八达畅通的道路更是历代社会和人们的极大追求。"陟彼崔巍，我马虺隤"，在远古的时代，人们登上有石有土的小山，乘骑的马儿就累坏了，出行多么艰难呵！可是，现在呢？这条沿黄观光路——不，天上飘来的丝带，正式开始修筑也就是近些年的事情，就逢山开路、遇水架桥，硬是从千重山万重岭的秦晋大峡谷黄河西岸生生开凿出这条丝带。这条丝带呀，不仅可以将黄河最为壮观的风景一睹为快，还能给老百姓带来巨大福祉。深山老林和黄土高原以及富饶的关中平原与中原大地甚至更加遥远的地方的文明、文化、教育、物流，等等，都将会沿着这条丝带或者下传或者上溯，前景无限，美好无限。

天上飘来的丝带呀，"六辔如丝，载驰载驱"……

"五谷"之外的"薯"

　　红薯，是一种食物，也是初夏以至深秋渭河流域关中地区的一道十分美丽的庄稼风景。是啊，20世纪六七十年代，红薯的种植几乎遍及整个关中的乡村，还有低矮粗壮、到了晚秋时分一片落霞色彩的高粱，给人留下了深刻的记忆。

　　红薯易于成活也易于种植，只要是向阳的土地，随便挖个窝，浇上水，就可以有滋有味蓬蓬勃勃地生长起来，不久，碧绿碧绿的一片又一片……

　　红薯不是本土产生的农作物，是从外洋引进而来的，最早的产地是墨西哥，后来，随着海上交通的发达，逐渐流落到我国。据说，开始由长江流域种植，慢慢普及于黄河流域。红薯的种植，大多是先培育秧苗，然后移栽到地里。刚过春节，人们就从土窖里把储藏了整个冬天的没有黑斑病坏的红薯，取出来，挑选长势匀称，果实饱满个头大的栽种在铺满了马粪的靠南墙的秧池里，浇透水，覆盖上厚厚的草帘子，有时候还要生火防冷，天气好了，揭开厚厚的草帘子晒晒太阳，浇水，天黑前再盖严实。等秧池里的红薯苗蹿出来，逐渐打开草帘子，让这些秧苗子适应适应，在小麦扬花时分，就可以栽种了。

从秧池子拔出红薯秧子，把剪刀在柴火里稍微烧烧，算是消了毒，接着剪去连接薯体的根茎，清水洒过，装在篮子里，送到地头，就可以栽种了。微雨的天气或者阴天最好，一个人在前头用铁锨刨坑，另一个人则提了水桶给刨出的坑里倒上一瓢水，再插了红薯秧子，用土埋好压实就行了。红薯喜水，只要水肥足，就腾腾地往上长，几天工夫红薯蔓就有蒲篮大小了，很快就遮掩住了田垄，皮皮实实，苗苗壮壮，四处蹿起藤蔓。

也有不用红薯秧子，直接剪取了红薯藤蔓，就地种植的。有一年的初夏，去江南的一个城市开会，去郊外散步的时候，看见这里的人们也在栽种红薯。他们和北方的栽种方法不一样，先把地里已经扯蔓的红薯藤，用剪刀剪成尺余长短，然后，直接栽种在旁边的土地上，也不用浇水。那红薯藤过几天就醒过来了，活活地爬满一地。

红薯也不大需要田间管理，属于粗放的农作物。看见田里的青草长旺了，趁着天黑时分，除除草就是了。其余，也不用追肥呀什么的。一直到了霜降，人们才想起来，该出（挖的意思）红薯了。

出红薯并不是一个轻松的活计，挖，是要讲究技巧的，不然，容易把红薯伤着，伤了的红薯就不能下窖储藏了。挖出来，田垄上晾晒至微微干，收拾净薯块上的根须后，再放进大竹笼里，轻轻地抬起来，用架子车拉回去，连夜储藏到地窖里。整整一冬天和小麦、玉米等粮食掺和着吃，而来年二三月间，就要凭红薯度过这段青黄不接的日月了。何况，还要预留秧子的种薯。

红薯是不能当作主食的。吃得多了，胃里反酸"烧心"，烧得人心里烦乱不堪。不吃吧，当时，又没有其他的粮食可以充饥，怎么办呢？就在红薯的做法上想办法。红薯收获后，把带伤的和个头过大不好储藏的拣出来，用自制的红薯切削器切成薄片，晾晒干，磨成粉，然后，与玉米面掺和起来制成圆形的面条，这样，吃起来口感就很不错了。

红薯的叶子和藤蔓可以炒菜。我高中毕业后，回到乡村参加劳动，不久，去村里的小学做民办教师。又一次，因为去县城，骑自行车顺路到大姐家。她出嫁在一个十数户人家的小村。村子虽说不大，却还整洁。大姐和其二弟媳刚从地里回来，正要做饭。见我来了，临时炒了个菜，端上桌，紫红色的茎碧绿的叶，甚是少见，嚼嚼，觉得有点黏滑，略带苦味。问及，大姐告诉我，这是炒红薯藤。他们这一带属于旱地，没有河流也没有机井灌溉，很少出产蔬菜。有时候，来了客人，饭食倒好办，蔬菜就有点困难了。此时，地里的红薯正在扯蔓，掐点红薯藤炒菜，算是招待客人了。先前，并不知道红薯藤能炒菜，这次经验了一回，觉得挺好吃的。

此后，再也没有吃到过红薯藤炒菜了。乡村实行责任制以后，农民种地有了自主权，蔬菜的经济效益高，种植的面积也就多了，不但自己食用，而且还供应蔬菜市场。红薯藤慢慢从农家的餐桌上消失了。

不经意间，从餐桌上消失的红薯藤再次复活了，而且成为一味很好的菜肴，这也是出乎人意料的事情，令人对红薯刮目相看。据陈世元的《金薯传习录》记载，红薯不但能够食用更能"救荒"，还有6项有益于人的功效：治痢疾和泄泻；治酒积和热泄；治湿热和黄疸；

治遗精和白浊；治血虚和月经不调；治小儿疳积等——除这几项功效而外，现代人对红薯的重新认识更加科学和精准，这不，其食疗的范围已经扩大到茎叶了。

"五谷"是我国古老的粮食（包含粟、麻、麦、稻和豆——这是英国历史学家魏根深在其编著的《中国历史研究手册》里的说法。在这里，我始终不明白"麻"是指的何种植物。麻的品种很多，有芝麻、胡麻、苎麻、苘麻等。芝麻和胡麻主要是油料作物，苎麻与苘麻则是指这两种植物纤维，断然不能下咽的。由此推理，只能是指前两者属于"五谷"之一了。麻大约开始是可以充饥的，后来才逐渐转为油料作物吧——我国的国土辽阔，就是这"五谷"也并非一地同时种植。关中地区，最常见的是芝麻，胡麻就很少见到。稻子呢，原先在渭河流域还有不小的种植面积，而今已经很少很少了。当然，主要是因为气候和地理因素，稻子逐渐成为长江流域和黑龙江流域的主产粮食了），玉米与红薯都是"舶来品"，其适应性很强，各地均能种植，且可丰收——特别是红薯，生长期短，四五个月便可成熟，确实是"五谷"之外的好食物。

红薯是好食物，更可以"救荒"。如果陈世元的说法正确，红薯的传入是明朝万历二十一年，那么，至今也不过三百多年的光景。可这三百多年以来，我国就发生了多少灾荒，就明清两朝而言，几乎灾荒不断，大的灾荒例如天启七年（1627）开始的大旱竟然持续了18年之久，直到顺治二年（1645）才基本结束。晚清的"丁戊奇荒"虽然仅仅4年，从1875年到1878年，但其范围也很广阔，受灾地区有山西、河南、陕西、直隶、山东北方五省，并波及江苏北部、安徽北部、甘肃东部和四川北部等地区，约有 1000 万人饿死和 2000 万人逃荒——早就知道了邓云特的名著《中国救荒史》这部书，但是，一直找不到，前几年，才有了新版。当我阅读这部著作的时候，心情非常沉重。这些救荒方面的史料，记载了灾荒之时的残酷景象，竟然到了非常可怕的"人相食"的地步！

红薯，当然还有其他可以充饥的东西，真的挽救了相当多的人的生命。还以《金薯传习录》的记载，"十七年（1752），东省藩宪李公访知薯利有益民生……以种薯为救荒第一义"——你看，种植红薯的第一义就是为了"救荒"，而为了"救荒"不惜采取行政手段予以推广，以至于红薯的种植"自此家传户习，菁葱郁勃，被野连岗"，就很能说明问题。

在我的记忆中也是这样，红薯是和少年时代的饥饿联系在一起的。那时候，小麦已经成为粮食中的奢侈品了，轻易吃不到"白面馍"，平常的主食就是红薯——整天的蒸红薯和红薯面粉做成的类似面条的"削削"以及红薯与玉米粉合成的圆形的面条，后者则是当时食物的"上品"。至今，仍然很怕吃红薯，那种过量食用之后的反酸"烧心"的恐惧，留下了严重的心理阴影。

也许是为了追风吧，当红薯和红薯藤叶成为一种新的食材后，我对红薯的认识有了深刻的变化，慢慢也走出了过去的心理阴影……

事物就是这样的，鄙贱者可以高贵，高贵者亦可以鄙贱。红薯，过去用作救荒的食物，现在身份金贵起来，说是具有很好的保健作用，就连红薯藤也出现在城市的高档餐馆里，成为人们喜爱的食品。这也说明了，随着生活水平的不断提升，人们对食物的认识也在不断加深，不但着眼于果腹，更重要的是讲究食品的保健作用，对食材的加工技术也在不断革新。过去，不能当作食材的物品，现在居然成为食品的"新贵"，而红薯属于绿色食品又有不能低估的有益于人的健康的作用，自然受到人们的喜爱。

　　不过，由于现代农业的快速发展，红薯的种植早已经比不得过去了，"五谷"之外的红薯的身价提高了，从寻常的食物转身而为"珍馐"，田野里"菁葱鬱勃，被野连岗"的动人风景也早已经遗落在青春遗响的梦里了……

薯蓣与红薯

记得以前读《苏东坡诗集》，有一首《和陶酬刘柴桑》，诗云："红薯与紫芽，远插墙四周。且放幽兰春，莫争霜菊秋。穷冬出瓮盎，磊落胜农畴。淇上白玉延，能复过此不？一饱忘故山，不思马少游。"这首诗是他流放儋州时写的。儋州地处今天的海南岛，宋代时这是非常偏远的荒蛮之地。虽然说风光迥异内地，椰林郁葱，杂花遍野，特别是夜晚，竹楼风凉，远听海涛阵阵，倒也令苏东坡一时解脱忧愁苦闷的心情，然而，此地的饮食习俗却有不同，内地很少见识到的食物，在这里很是普通。在他的这首诗里，对海南岛的寻常食物"红薯"从枝叶和种植以及食用价值等方面都做了形象而具体的描写。不过，苏东坡笔下的"红薯"是不是现在遍及黄河和长江流域的"红薯"呢？可以确定地回答：不是。在这首诗"玉延"语词下，自己注释道："淇上出山药，一名玉延。"玉延，是薯蓣，而薯蓣是山药。唐代的医药家孙思邈在《备急千金要方·薯蓣》里说："薯蓣生于山者，名山药。秦楚之间名玉延。"

"薯蓣""玉延"是山药而不是"红薯"，现在的"红薯"是明代传入我国的食物，开始，主要是"救荒"，因为，生长期短，不论土壤厚薄均可以栽植，收获丰厚。而山药呢，对种植的条件比较讲究，一般的土壤是不能种植的，勉强种植品质就不好了。据说，山药的出产以河南等地为佳，有淮山药和铁棍山药的品牌，还有渭河流域的华洲一带的山药也很知名。苏东坡在海南岛所见到的"红薯"山药，也是当地人日常的食物，特别是春夏时分，屋前屋后的竹篱笆里的山药叶蔓扶疏碧色一片，甚是赏心悦目，加之具有饱腹的功用以及可以延年益寿，故得人们的喜爱。司马光曾经把上好的山药秧苗送给好朋友，还赠诗记载下来，他的《送薯蓣苗与兴宗》就很是脍炙人口。

山药与红薯的区别大矣。

山药的主要作用是入药，能医治多种病症，红薯则主要是食物。我国山地多而平原面积少，水资源分布不均，大部分地域在过去的年代时常发生灾荒。一旦灾荒降临，以家庭为主要经济体的生产单位没有能力抵御，于是，首先要解决的急迫问题就是吃饭。固有的粮食作物"五谷"，虽然说品质优良，是主要的食物，但是种植时间相应漫长而且产量有限，所以，红薯的引进并大面积种植，最大的好处是解决了灾荒之年甚至平常年份的食粮问题，功莫大焉！再说，红薯也有一定的药用价值和保健作用，更是现代社会人们非常喜爱的食物之一。较之山药来说，种植普遍，成本投入很少而产量却很丰厚，无论如何贫瘠的地方，都能成长。山药则无这样的优势。

近年间，红薯成为城乡的当红食物，除去薯体，就连红薯藤也成为菜肴。按照市场经济的原理，物以稀为贵，红薯的价值已经今非昔比，而且成为市场的新宠。过去，乡村遍野的红薯田地，如今商品种植，而且红薯的品种也非过去年代的品种可比。那年月，到了晚秋时分，村里开始挖红薯，真是劳动力总动员，凡是能到地里的全部都要上地里，挖的挖，择的择，主要除掉红薯上的根须和粘连的泥土，经过晾晒之后，再搬运回家下窖储藏起来，一直吃到来年小麦收割的季节。

山药在古代如何食用，据说主要是蒸与煮，或者为羹。司马光送薯蓣苗给朋友兴宗的诗里，除了交代如何种植事宜之外，还有这么两句："拾木爨铜鼎，相期聚书室。"——是说，等到了收获的时候，天气寒冷下来，这时分，约定个日子，相聚在书房里，把山药放进铜鼎，用捡来的细小枯枝燃起火来，慢慢蒸或者煮山药，一是为了一饱口福，二是可以借此时机谈诗论画，交流学问。是啊，平常各自忙着手头的事情，相聚一次也不容易，况且，司马光先生还在业余时间编写千秋大著《资治通鉴》，心神俱疲。有这样美好共庖山药的时光，与老朋友在一起，随意而谈，也暂时休歇一下，放松心灵，等待着淡淡药香升起山药成熟的时刻，边谈边品尝这美味，岂不是很好的事情吗？是的。大诗人陆游亦喜爱山药，对了，陆游善于养生，他食用山药的办法是"羹"，熬制山药粥，还专门写过一首《食粥诗》："世人个个学长年，不悟长年在目前。我得宛丘平易法，只将食粥致神仙。"——你看，以山药入粥，确实是很好的食补，陆游深谙此道，所以他长寿，创作热情不衰，写出既"雄奇奔放"又"沉郁悲凉"的诗，共计万余首，传世就有 9300 余首，除去《剑南诗稿》《渭南文集》，还有专著《南唐书》，真可谓著作等肩。

红薯呢？红薯的食用方法相对简单，蒸煮之外，还可以烧烤。蒸煮之法简单，上笼屉，或者入铁锅，给釜中添进净水，燃烧煤炭或者柴火，用蒸汽加热成熟食即可。烧烤就得讲究方法了，还要掌握好火候，不然，不是没有烤熟，就是烤过了成了枯焦干薯，下咽不得。街头叫卖出售的烤红薯，用一厚实的大瓷罐或者铁罐，里面周遭放置大小质量差不多的红薯，中间是燃烧的木炭，封闭，少时，开盖，用火钳翻转，使得红薯四周均匀受热，再封闭，一直到烤熟。这样烤制的红薯，皮不枯焦，内瓤甘绵，香气四溢，很好吃。若是在乡村，烧烤红薯，则是与做饭同步进行。到了饭时，烧火起灶，挑选好要烧烤的红薯，放进炉膛里炉火的旁边，用炉灰围住受火的一面，然后，拉起风箱，烧水也好，煮饭也好，各不相扰，只不过要注意炉膛里的红薯，不时翻转，顷刻，饭熟，红薯也烤制结束，取出，虽然皮儿有点黑焦，却吃起来绵甜筋道，很是香甜。在乡村的时候，一到秋冬季节，几乎天天都要食用红薯，特别是对蒸煮的红薯，极为反感，而喜欢吃点烤红薯。烤红薯由于烧制麻烦，加之浪费也较蒸煮大，所以，也不是经常享用的美味。

也许，走过漫长的岁月，过去经历过的艰难困苦早已经失去了原先的苦涩滋味了，特别是不经意间追忆起来的时候，竟然朦胧起一层淡淡的诗意。就说红薯吧，这在饥饿的年代里无可选择的食物，吃多了满腹酸水"烧心"的难受劲，也成为一种不能忘怀的记忆了，一种刻画在年轮里永远打磨不掉的痕迹了。想起这些，也就想起来青春时代，天真活泼，一心向学的时节，多么美好呵！

"薯蓣"——山药，古往今来犹如深闺中人，轻易不能走向老百姓，轻易不能在餐桌上见到，其价格也远远高于红薯。但是，有一个红薯远不能相及的好品格，耐储藏。只要是通风良好的房间，山药可以存放好久的时间而不坏。红薯则差矣，要有专门的冷窖来储藏，不然，很容易腐坏。山药与红薯，曾经有过一个名称，然而，前者是我国古老的药食兼用的植物，后者则是引进不过三百余年主要用于"救荒"的食物，茎叶不相似，果实也相异。山药入药历史悠久，一直是养生的珍品；红薯的养生价值近年才开掘出来，风靡一时。看起来，如今，根茎食物开始受到重视了，这是食物的进步。

假若苏东坡先生食用了真正的红薯，我想，他会留下更优美的赞颂红薯的诗，红薯的叶蔓与花色至少同山药一样美丽，一样漂亮。

郁葱遍岗野

红薯非常好成活，若是在阴天或者蒙蒙细雨飘洒的时分种植，要不了几天，就会扯起碧绿的藤蔓，迅速覆盖了黄土田垄，田野里一片生机——这是渭河流域关中平原最为美好的季节：小麦快要成熟了，摇起滚滚金色的波浪；鲜红的太阳跳荡在玉米青纱帐上，远处高大的白杨树朝气蓬勃，收束的枝梢挺拔的姿影站立在水渠岸边……

经过整个寒冷的冬天，平原上现在一切都恢复了初夏的生机，就连空气里都饱含泥土的清香和庄稼成长的味道。这个味道形容不出来，但是，只要你穿行在绿树郭外斜的村巷，就会吮吸到这个味道，也许这就是家的味道吧。

村外的田野上，此时旺盛的是这一片一片的红薯地，红薯的藤蔓蹿出来了，向四周伸展扩张，卵圆形的叶子犹如小孩子的巴掌噼噼啪啪在风中响亮地发出声音，就连身边的玉米地的拔节的脆响也被这声音遮蔽住了，好像整个天下都是红薯的了。

是红薯的天下啊。地里的庄稼最金贵的是小麦，其次是玉米和豆类作物了，原先，还种植点谷子和糜子，有时候，也种点荞麦。可是，这些秋庄稼的产量不高，不像红薯，只要有一点雨水，就十分可劲地长，可劲地长，谁也阻挡不住，一场箭杆子白雨，又冒出了一堆一堆的绿，绿得发黑，绿得健壮。夏天的太阳那么地炎热火辣，红薯就喜欢这炎热火辣，长得欢快极了，欢快得连自己也不好意思了。于是，就悄悄地开放紫色的粉色的花，吹响一地里的喇叭，看得人心里高兴。

叶之美者，莫过于莲叶，故汉代的古诗里有这样的描写"江南可采莲，莲叶何田田"。呵，真美呀！莲生水上，一望无际挨挨挤挤碧绿的滚动着晶莹的露水的莲叶，在微风里轻轻翻卷着漫起一波又一波的叶的涟漪；莲叶的底下湛蓝透明的湖水里"鱼戏莲叶间"，一会儿西，一会儿东，一会儿南，一会儿北，多么好的一幅江南水乡莲池图——也难怪北宋大哲学家周敦颐对莲情有独钟，不由自主地一改往常冷峻严肃的面孔，把惯常显得过于凝重的笔触一时间焕然变成轻灵，写出了千古脍炙人口的《爱莲说》，说到其枝叶"中通外直，不蔓不枝，香远益清，亭亭净植"，从各个角度勾勒出莲叶的妖娆和挺立。自然，哲学家有哲学家的解释世界的方法，这位老先生也就借了莲及莲叶表达了对君子人格及精神之高洁的赞美与追求。

辽阔的北部以及黑河至腾冲斜线之左的区域，由于地势的走向与气候的原因，很少有湖泊水面的形成，缺少这样的先决条件，于是很少有"莲叶何田田"的自然风光。特别是地处渭河流域的关中平原与黄土高原结合之地，更是罕见的景象，而初夏到晚秋时分的红薯地的风景，却也异常优美：清晨，略带清寒的从山地漫过来的风儿，吹拂着深绿的红薯藤野，你瞧啊，"薯叶何田田"，满地的红薯藤叶在阳光的照耀下，生机勃勃，昂扬着顽强的生命力铺满了遍及高原与平川的绿色，锦绣了大地充满希望的风景。

当年，小说家茅盾从大戈壁一路辛苦跋涉来到延安，当他走上黄土高原的土地的时候，扑进眼帘的是"远远有一排"，"不，或者只是三五株，一株"，"傲然耸立的"白杨树，觉得大为惊异，忍不住"白杨礼赞"。其实，茅盾先生没有看见过关中平原上的白杨树和红薯地构成的壮美世界，这简直是天地之间简朴而又能引发诗意情怀的大地的绝色景观。当你有幸进入这个景观，那绿到天涯海角的红薯藤叶和"力争上游"的白杨树，给人的不仅是视觉的震撼，更是心灵上的震撼，这就是伟大的土地的世界！

红薯那艳丽的花儿一旦吹响小喇叭开放，这是红薯地里最为热闹的时候。红薯的开花，不是莲花似的一支一支独自开放，而是细碎的成片成片地大面积开放，犹如波涛汹涌的海面上忽然间洒满了太阳光一样，整个大海都是金色的闪光，这闪光顷刻间又化成细碎的艳丽的红薯花在眼前一地的灿烂。红薯花虽然缺少莲花高洁的"遗世独立"的精神，却不缺少质朴的紧贴土地的旺盛之气。

冬天，万木萧瑟，在书房朝南的玻璃窗前，找一素雅而稍大的浅盎，摆几粒小卵石，选择合适的红薯，用作案头的清供，未几，红薯便会藤野郁郁葱葱而起，带来宁静质朴的雅致之趣，令人想起渭河流域郁葱遍岗野的红薯吹响喇叭开花的季节……

值得所有人致敬

有人说教师是蜡烛，照亮了别人，毁灭了自己。这句话有极大的片面性，太阳同样照亮了别人，怎么没有毁灭了自己呢？教师就是太阳，照亮了别人，也要辉煌自己。

有人说教师是人梯，让学生踩着自己的肩膀登高。其实，这也是极大的误解，人梯不只是让学生踩着自己的肩膀登高，还要自己"百尺竿头，更进一步"。

有人说教师是"爱"的化身，对学生对人都要爱。是的，爱是人类的天性，但是，教师的爱也包含着"恨"，恨铁不成钢，戒尺也是爱的另一种表现。

有人说教师是"人类灵魂的工程师"。可是，比大海还要广阔的是人的心灵，教师没有移山填海的本领，教师在法国启蒙主义学者卢梭看来，应该是"导师"，这是他在其教育名著《爱弥儿》里提出的观点。是的，教师就是人类心灵的领航员。

有人说教师也不过就是一种职业。对了，教师这种职业是一种非常崇高的职业，非常令人自豪的职业。因为，教师是知识的传递者也是知识的创造者。没有教师，这个世界必定一片荒凉，寸草不生。

然而，教师就是教师。

唐代的大学者韩愈说过"师者，所以传道授业解惑也"——这短短的一句话，就很是概括了教师的特点。"传道"，在古代就是传递以儒家学说为核心的道统观念，这种道统观念的实质是"仁"，要求人们能够"克己复礼"，节制自己的欲念，使自己的一切言行合乎礼制的要求，只有这样才能达到"仁"，也就是实现"郁郁乎文哉"的周代的礼乐社会，崇尚理性，从而实现人的精神与外部世界的高度和谐与自由——当然，这只是包括儒家学说的创始人孔子以及后世儒家学说继承者的远大理想而已。不过，就是为了实现这个远大理想，我国古代的教育家和教师都几乎耗费了自己一生的心血，从而保证了我国文化与教育事业沿着这条主线发展，营造了我国独具世界的思想精神风貌；"授业"，业者，授之以学。这里的学，指的是学问或者知识。通俗点讲，就是给学生讲授学问和知识。学问和知识是一个内涵很丰富的概念，学问和知识的种类很多很多。在我国古代主要是讲授儒家的经籍，或者儒家先哲的著作，例如，孔子讲解的是"六艺"，即《易经》《尚书》《诗经》《礼记》《乐经》《春秋》等，后来主要讲解四书五经等，这就是韩愈所说"授业"的"业"；至于"解惑"，就很容易理解了，解答学习过程中的疑难问题和不明白的地方。

古代的教师肩上的责任是多么重大呀，担负着传承国之命脉的历史与现实的重大职责，还肩负着培养国之命脉新的传递者的重大职责——你看，古代的著名的教育家，也就是教师，例如，孔子、孟子、荀子、董仲舒、韩愈、朱熹、王阳明……他们一辈子都从事着教师职业。他们不但培养出数以千万计的学生，同时，他们也建造了非凡的一般人难以企及的文化昆仑——孔子创建了影响我国数千年思想文化的儒家学说，朱熹在继承儒家学说的基础上开创了"新理学"，王阳明的"心学"，这些都把我国传统的思想哲学推向了一个崭新的阶段。西方也是一样，伟大的教育家苏格拉底、柏拉图、亚里士多德以及后世的康德、黑格尔、叔本华等一直到罗素、杜威、伊格尔顿、詹明信甚至福柯、德里达，等等，这些彪炳史册的杰出思想家和哲学家，首先是教师，其次才是人类思想文化史上的一颗颗闪耀着光芒的星座——这就是教师的光荣和伟大。

进入新时代，我们比历史上任何时期都更接近、更有信心和能力实现中华民族伟大复兴的目标。自 1840 年近代以来历经磨难的中华民族，迎来了从站起来、富起来到强起来的历史性飞跃——在这个伟大而又充满着希望的新的历史时期，教师肩上的责任更加重大更加艰巨也更加光荣。我国古代社会的教师，"传道授业解惑"有着既定的社会核心价值。那么，到了新时代，广大教师的新的"传道授业解惑"的根本任务是什么呢？应该是而且必须是以坚持社会主义核心价值观为"传道"的主要内容。因为，社会主义核心价值观就是我国在新时代所提倡的"道"，这个"道"涵养了新时代的精神风貌，也是整个社会应该倡导和追求的社会核心价值观。和我国古代的"道"相比较，社会主义核心价值观不但有国家和社会应该追求和认真实践的理想境界与价值取向，而且也充分体现了人的追求和实践的理想境界及价值取向——从实质来看，古代社会的以"仁"为核心的价值观，社会主义核心价值观早已经超越并完全达到了一个更加美好更加具有

"礼乐"精神的关注人类整体命运向着光明与希望所在的高远方向的价值观，这是目前能够凝聚我国人民迈进新时代的强大的思想引领和精神支柱。

新时代的教师，无论面对什么样的学生，首要的任务就是"传"这样的"道"，而且要把这个"道"贯穿到具体的"授业"过程中去。特别是大力营造尊师重教氛围的今天，全社会不断重视教育，促进教育公平均衡发展，人民教师的地位不断提升。我国古代伟大的思想家和哲学家荀子早在自己的著作《大略》里提出："国将兴，必贵师而重傅。"——这句话，只有在如今才能得到实现，这确实令人精神为之振奋！

毛泽东有着深厚的教师情结。在20世纪70年代，他和外国记者谈话时，提到愿意做个"导师"。不要小看了导师，导师就是带有知识地图的人，能够把人类引向坦途，也能够把惘然无知的蒙童带向理性的美好世界。所以，从这个意义上来说，卢梭对教师的本质揭示得非常深刻。优秀的教师本身就是导师。

新时代，给了广大教师，不，导师，带来了一个新的挑战，这就是站在新时代浪潮的巅峰，不但完美而优雅地完成教师的职责，而且更要树雄心立壮志不断完善自己的知识和精神，自觉传社会主义核心价值观之"道"，还要努力成就为如同卢梭所希望的"更是有教养的人"，成为习近平总书记殷切希望的"三传四引"的人，这就是："教师是传播知识、传播思想、传播真理的工作，是塑造灵魂、塑造生命、塑造人的工作"，"广大教师要做学生锤炼品格的引路人，做学生学习知识的引路人，做学生创新思维的引路人，做学生奉献祖国的引路人"。

教师，关系着国运文脉，担当着伟大而崇高的使命，值得所有人致敬！

散文写作的几个问题

一、散文的起源与发展

什么是散文呢？按照我的理解是与小说、诗歌与戏剧等艺术形式，构成了文学的主要文体种类。从历史时间来看，散文的产生很早，就我国而言，至少产生在殷商时期，殷商时期是我国散文的成熟阶段。为什么这样说呢？从已经出土的甲骨文知道，夏、商时期就开始运用汉字进行叙事与纪实了，尽管记叙与纪实的文字比较短小，然而，篇幅完整，基本上可以交代清楚要反映的事物，而且，叙述清楚，饱含情感。到了西周时代，散文的发育发展更加完善，例如收录在《尚书》里的篇章，有的非常精彩，具有浓郁的诗意。我曾经写过研究古典散文的文章，把散文的成熟期划在西周，认为是从周原走来的文体，也就是从西周开始起算散文的历史。这实际上将散文的起源晚了几百年，或者说，晚了一个时代。这是不正确的。现在，我认为，散文这个文体应该是起源于殷商时代，或者说起源于夏代的后期，特别是夏代与殷商交接的时期——这一时期，社会动荡，天崩地裂，朝代更替，战争频繁，交战的双方为了鼓舞士气和争取社会的广泛支持，少不了进行宣传和发表战斗檄文，这些都是散文——遗憾的是，至今尚未发现记录这些宣传和战斗檄文的文字资料。

我们知道，文字的产生，不是一朝一夕就能完成的，需要经过漫长的历史过程。目前发现的甲骨文，虽然记录的大多是殷商的事物，但是，甲骨文的产生应该更早，不迟于夏代的后期甚至更早。只是由于记载文字的材质问题，更早时期的文字记录还没有发现而已。散文首先是实用性文体。散文在社会日常生活里用于传递社会信息和发布政令、祭祀等活动，《尚书》里的主要篇章，多是这样的内容。其次，散文还是抒发情感和表达思想的文体。最后，随着社会的发展变化，散文逐渐形成了三大主流：抒情散文、史传散文以及政论散文。

二、散文是文字的艺术

任何文体都是由文字构成的，小说、诗歌、戏剧和散文都是这样。散文的写作者对文字的要求较之小说、诗歌和戏剧来说，一般讲求语言的清丽与典雅——也就是说，散文的文字应该更加合乎语言规范，也就是说依据语言的构成法则和修辞要求去进行写作。散文写作者是文字的手艺人。这是散文写作的最基本的艺术要求。

文字是散文乃至一切文学作品构成的首要元素。要写散文，首先需要提高写作者的文字运用能力。文字具有声音、色彩、音乐和具象的功能。法国 19 世纪小说家福楼拜说过这样的话，不论一个作家所要描写的东西是什么，只有一个名词可供他使用，用一个动词要使对象生动，一个形容词要使对象的性质鲜明。因此就得用心去寻找，直至找到那一个名词、那一个动词和那一个形容词。初唐诗人王勃的《滕王阁序》，其中这句话："落霞与孤鹜齐飞，秋水共长天一色"——这里的名词、动词和形容词使用得真好！还有，恩格斯的《在马克思墓前的讲话》也是绝妙好文。他评价马克思对人类社会的贡献，这样说道："正像达尔文发现有机界的发展规律一样，马克思发现了人类历史的发展规律"，这就是"直接的物质的生活资料的生产，从而一个民族或一个时代的一定的经济发展阶段，便构成基础，人们的国家设施、法的观点、艺术以至宗教观念，就是从这个基础上发展起来的"。他继续论述说："马克思还发现了现代资本主义生产方式和它所产生的资产阶级社会的特殊的运动规律。由于剩余价值的发现，这里就豁然开朗了，而先前无论资产阶级经济学家或社会主义批评家所做的一切都只是在黑暗中摸索"——恩格斯用朴素而准确的语言简明扼要地介绍了马克思的两个伟大发现和历史功绩。没有华丽的辞藻，也没有堆积一切与表现主题无关的枝枝叶叶的东西，但是，朴实的语言里蕴含着非常丰富的内容。

那么，散文的语言要求是什么呢？概括来说，就是要朴素、典雅和清新。也就是说，不要太多的与表现主题无关的堆积性语言，而是要言不烦，字字稳妥，讲究色彩、音节和视觉的优美。要符合汉语的使用规范，按照汉语的语法来结构词语和句子。因为，只有这样才符合人们的阅读审美习惯和要求。现代文学史上的著名的散文家都是很讲究语言艺术的，鲁迅、周作人、林语堂、梁实秋、梁玉春、徐志摩、朱自清、叶圣陶等，还有孙犁、汪曾祺等，他们的散文语言既流淌着古典语言的风韵，又是很好的现代语言的艺术表现者，给我们提供了很好的语言学习榜样。不管怎样说，散文写作的关键是如何巧妙地把文字很好地结构起来，很好地组织起来，来表情达意，这需要长期的文字磨练过程。

三、散文的危机与新生

散文目前面临着极大的危机。为什么这样说呢？因为，由于我们的社会已经进入工业化的阶段，进入以信息化为标志的工业化社会。刚才已经说到散文是产生于远古时代的文体，是适应于生活和社会发展节奏缓慢的农业生产时代的文学创作现象，经历了几千年的审美过程，而且至今还保存着古老的文体特征。现在，面临着这样全新的时代，特别是受到信息化社会的剧烈冲撞。由于散文文体一般来说，篇幅比较短小，具有说话的特点，操持这种文体几乎没有任何刚性的限制——比如小说要有完整的生活故事叙述，戏剧制约于舞台的限制，诗歌要讲究韵律等条件——似乎只要能书写文字就可以写作散文了——在一些写作者来看，写作散文可以不需要基本的文体训练就可以直接进入。加之文字媒介的普及应用，所谓的散文铺天盖地而来，写过几篇自说自话的东西，就称之为散文作品，称之为散文家，似乎只要具有一般的文字书写能力都可以写散文了，这是这个时代散文畸形发达的一个现象。其实，这个不奇怪。现代工业化社会为大众提供了便捷的媒介工具和言说的方便条件，标志着时代的进步和文化生产的进步——然而，表面的现象并不能真正说明散文的真实发展，只能说散文遇到了前所未有的巨大"危机"而已。除过所谓散文作品数量和散文写作者呈现几何数值增长外，还有视频、美图、短视频和影视等，这些新兴的媒介，对游记散文、记叙散文甚至传记散文和议论散文都产生了不可估量的冲击——以游记散文为例，过去，人们总是借助语言文字来描绘山川河流、名胜古迹和一切普通读者未曾涉猎的地方。如郦道元的《水经注》。这是一部散文体的实录体地理学著作，同时又是一部旅游文学著作，其中许多篇目历来被人们推崇为旅游散文的佳品。如《三峡》篇，在记述三峡水道情况的同时，还描绘了三峡雄奇壮丽、气势磅礴的景象，并穿插着关于三峡的众多神话传说、风物习俗、民歌民谣，其写景叙事、实虚映衬无不给人以美的享受。还有杨衒之的《洛阳伽蓝记》，其写作目的虽然是企图通过佛寺的盛衰寄托对拓跋氏覆亡的哀悼，但旅游线索明晰，又把洛阳寺塔建筑作为审美对象加以描写，文字生动，写法精湛。如写永宁寺的佛塔，仅用"高风永夜，宝铎和鸣，铿锵之声，闻及十余里"寥寥几语，就写出了寺塔的巍峨壮丽和庄严肃穆。柳宗元是唐代山水游记集大成者，他的山水游记不但文笔清新秀美，富有诗情画意，而且在对景物的描写中，寄托了自己抑郁的情怀，表现出深刻的思想意义。他的《永州八记》，是古代山水游记散文中的一块丰碑，标志着古代山水游记散文的最高成就。徐弘祖的《徐霞客游记》，是他游遍大半个中国写下的数十万言的日记体巨著。里面的有些篇章，简直就是游记散文的经典之作，如《游黄果树瀑布记》中对瀑布水势的描绘："透陇隙南顾，则路左一溪悬捣，万练飞空，溪上石如莲叶下覆，中剜三门，水由叶上漫顶而下，如鲛绡万幅，横罩门外，直下者不可以丈数计，捣珠崩玉，飞沫反涌，如烟雾腾空，势甚雄厉。"写得有声有色，绚丽多彩，充分体现了作者作为旅行家的情怀和作为文学家的笔致。整部著作被明清之际的钱谦益评价为"世间真文字，大文字，奇文字"和"古今游记第一"——这些游记散文，不知道影响了多少读者。可是，现在，几部关于三峡和佛寺以及反映黄果树瀑布的电视纪录片，就完全可以从视觉和解说中，把过去郦道元、杨衒之和柳宗元以及徐弘祖费尽心血写出来的东西轻而易举地"拿下"了——这就是以信息化为标志的工业化社会所产生出来的以光电影为主体的新媒介对纯正的以语言文字为媒介的游记散文的冲击，而且，这种直观的光电影艺术吸引了广大受众，几乎在消闲的工余时间就可以欣赏到自己未曾涉猎的陌生地方，不再需要认真去读这些游记名著了。就连过去的《红楼梦》《三国演义》《西游记》《水浒传》等古典小说，都已经搬上影视了，又有谁耐心去读纸质文本著作呢？这就很有力地说明了，无论是散文也好，小说也好，都面临着新的危机。而且这个危机愈来愈大了。

其实，任何事物的发展总是会有两面性的，有危机的一面，也有新生的一面。散文也是这样。还是以游记散文为例，尽管影视或者风光纪录片具有直观、形象和真实的优势，也可以通过解说和扩展无限的内容来介绍山川河流、名胜古迹等，然而，这些光电影构成的作品，缺少一个游记的最为主要的东西——情感，就是作者在写作游记散文时灌注于作品里的独特的属于个体体验出来的情感与思想。而情感与思想只能流淌在语言文字之中，这是新媒介很少能反映出来的东西。比如，英籍印度裔的著名作家奈保尔的《重访加勒比》，这是他的游记作品，堪称纪实文学典范之作。在《重访加勒比》中，他用准确、敏锐的洞察力，写下了他对这部分世界真实的印象。奈保尔重访家乡特立尼达和另外四个加勒比国家及地区。一路上，他目睹了特立尼达的繁华与落后、英属圭亚那的热情与冷漠、苏里南的多样与空洞、马提尼克的偏见、牙买加的茫然……这些急速转型中的国家和地区充满变化，却又停滞不前。奈保尔用惊人的写作技巧和敏锐的历史思维冷静地再现了这里"毫无创造"的文化，他关注的是这里形形色色的人和他们的处境。在他看来，这里的人是模仿者，生活在借来的文化中，是一群永远无法抵达目的地的旅行者——奈保尔的笔下这种情感与思想，是新兴的媒介所远远不能通过光电影表现出来的。这就是说，散文的生机不是没有了，而是潜伏着很大的生机。另外，散文也要主动与现代新兴的媒介结合，借助这些高度发展的科技手段来进行文体扩容，来寻找艺术的契合点。任何拒绝和抗拒都是没有意义的。

四、散文写作的几个问题

既然散文在以信息化为标志的现代工业化社会还具有强大的生机和新生力量，现在，要讨论的是散文在新时代的写作问题，简略来说，要强调的是：

1. 散文的时代性。也就是说散文要深刻反映当代社会的基本矛盾，因为社会的基本矛盾决定了事物的走向与前进的目标。当代社会的主要矛盾是什么，按照党的十九大报告分析，就是"我国社会主要矛盾已经转化为人民日益增长的美好生活需要和不平衡不充分的发展之间的矛盾"。——文学艺术属于意识形态，属于精神产品，散文又是文学艺术的主要文体体裁，所以，散文担负着要深刻反映社会主要矛盾的任务，就是直面这个决定社会走向的主要矛盾，深刻反映出在平衡和解决这个主要社会矛盾过程中所发生的那些动人的英雄事迹和追求美好生活的巨大社会变革，以及由此引起的人的精神世界向着更高层次的迈进历程，这是散文写作的主要题材。只有紧紧抓住这个主要题材，散文才能发出"黄钟大吕"之音，才能留下时代进步的真实记录和社会变迁史以及人的心灵不断提升的刻印——美国著名散文家曼彻斯特的《光荣与梦想》，就是这样的巨著。他从1932年开始写起，终止于1972年，全景式勾画出美国40年间的政治、经济和整个社会的演进过程——这才是散文应该选择的艺术途径，正面而完整地表现出社会的一个历史阶段。当然，也不排除其他题材的散文写作。

2. 散文的思想性或者说散文要表现真善美。散文是要有思想的，而思想的要求就是把真善美作为散文的至高的思想和艺术境界，其实，这也正是散文必然的艺术要求。所谓真，就是真实。真实地反映社会生活，真实地模山范水，真实地记载事物，真实地抒发情感；所谓善，就是好。世界上的人与人的美好和谐，人与自然的美好和谐，人与社会的美好和谐；所谓美，达到了真，达到了善，也就达到了美。换句话说，真是善的前提，善是美的前提，美是善的完成，美也是真的完成。这是互为条件互为结果互相转化的辩证的美学规律。由此来看，真实是散文的生命；其二，散文所反映出来的情感必须是美好的，必须是健康向上充满着人生进取精神的；其三，真实的事物，

175

真实的心理，好人，好感，好的自然景物，有了这真、这好，那么，真与好就一起达到了美。统一在散文作品里，就是事物真、情感好，再通过意境美、形象美、语言美、音韵美、色彩美、情节美等散文的外在形式表现出来，就完成了卓越的审美过程，达到了散文的内容美和形式美的美学境界。

3. 散文的美学要求。最为关键的是要有深邃的意境。意境是情感与表现情感的景物的有机结合。这就要求散文写作者通过融情于景、寄情于事、寓情于物、托物言志，来实现物我的统一。我国古典哲学讲究"天人合一"。其实，在散文的写作中也要具有这种哲学意识，把内在的属于自我的认识、思想和精神以及情感投射到外在的自然物上，通过具象来传递自己的主观世界的东西，达到"合一"的最佳状态，表现出优美而深邃的意境，打动人心，使散文作品获得永远不会衰竭的艺术生命力。这是散文基本的美学要求。

五、散文作者应该具备的基本素质

思想素质是散文写作者的基本素质。思想素质与散文写作者的认识和哲学素质密切相关。没有很好的认识和哲学素质，就没有较高的思想素质。罗素的《西方哲学史》，不但是卓有见识的哲学著作，还是文笔潇洒漂亮的散文著作。如果罗素没有思想的强大穿透力，就不会把自柏拉图以来至现代哲学包括他自己开创的分析哲学在内的漫长的思想发展过程梳理清楚，也不可能笔触轻松而准确地予以科学的论述。当然，思想素质也体现了散文写作者的认识倾向。面对丰富多彩的社会生活和错综复杂的历史现象，要探寻到事物本质的东西，就需要正确的认识。没有正确的认识，就会对一些事物产生错误的判断，那么，写出来的散文作品也就没有力量。唐代散文家韩愈的作品为什么至今仍然具有艺术生命力，重要的因素就是他致力于"文以载道"的为文主张，而且身体力行，有的作品，已经超脱出单纯的散文审美境界而达到思想哲学的高度。这说明了散文作家必须有较高的思想素质，才能写出好的作品。

文化素质是散文写作者非常重要的素质。关键的问题是要多读书，只有读书才能提升文化素质。司马迁读书很多，自谓学习"绅史记石室金匮之书"，也就是说，他读完了几乎藏在皇家图书馆的全部图书，涉及"文史星历"等方面的专业知识，才具备了写作"究天人之际，通古今之变"的伟大著作《史记》。他的老师西汉大儒董仲舒读书到了"三年不窥园"的如此入迷的地步，特别是对《春秋公羊传》读得更是精细透彻，成就了一代大儒，把儒家学说推向了崭新的历史阶段。正因为司马迁、董仲舒的阅读量极大，具备了很高的文化素质，所以，写出了震撼人心的伟大著作。英国散文家培根写的随笔，涉及政治、经济、宗教、爱情、婚姻、友谊、艺术、教育、伦理等方方面面，其中的《论读书》《论真理》《论嫉妒》《论死亡》写得语言简洁文笔优美，说理透彻，警句迭出，文字优美。如果没有高层次的文化素质，很难写出这样内容浩博的散文作品。还有兰姆，他的一生沉浸在书籍之中，才有了名作《伊利亚随笔》。马克思的阅读量也非常大，就《资本论》而言，仅参考书就有 1500 多种。人们可能对《资本论》所研究的"现代资本主义生产方式和它所产生的资产阶级社会的特殊的运动规律"不懂，然而，当你认真阅读这部书，就会立刻被他优美而简洁的论述风格所征服——这些都说明了散文作者应该具备较高的文化素养。

艺术素质是散文写作者需要不断提升的重要素质。艺术素质既包含有天分和对艺术的敏锐的领悟感觉，也包含着散文写作者通过阅读、欣赏和观摩其他艺术类别而逐渐积累起来的艺术感受能力。艺术是相通的。艺术的基本法则是通用的。比如，可以借鉴绘画艺术对线条和色彩的运用而"移用"到散文写作上，讲求对文字色彩的搭配，使文字活色生香，增强审美吸引力；也可以借鉴音乐艺术对音位和旋律的运用，来进一步使散文的文字响亮起来，语言具有抑扬顿挫的音律美；当然，需要借鉴的艺术门类很多，诸如哲学、历史、天文以及其他自然科学。每一门学科都是一个非常神奇的美的世界，里面有具有自己特色的山峰、湖泊和草原，也有美丽的旭日和辉煌的落日。如果散文写作者能够而且愿意深入在我们看来似乎很边远很陌生的世界里，就会发现不同的令人惊心动魄的美的规律，这是值得散文借鉴的真正的艺术之美。

散文的"土气息""泥滋味"

　　散文，从 20 世纪初期以来，就是比较活跃的文学体裁。说到活跃，是指它从旧文学最早"转换"过来，抛弃了旧文学特别是笼罩文坛的"桐城派"的艺术追求，反身从魏晋时期与明代的"性灵派"文学里吸取艺术营养，同时，不放弃借鉴国外散文的审美经验，例如，很好地吸纳了英国自培根以来到兰姆等人的散文随笔的写作成就，用来促使现代散文的发展。所以，散文的艺术成就较之其他文学体裁要高远得多了。1933 年 10 月 1 日，鲁迅先生发表在《现代》第三卷第六期上的《小品文的危机》里，对五四运动以来的新文学，有过这样的论断："散文小品的成功，几乎在小说戏曲和诗歌之上。"

　　鲁迅先生的这个论断是正确的。代表现代散文成就的作家，鲁迅先生也有很好的说明。1936 年 5 月，他在回复美国记者斯诺的书面提问，你认为 1919 年五四运动以来，中国"最好的杂文（散文）家是谁"这个问题时，鲁迅先生开列的第一位作家是周作人，以下依次是林语堂、周树人、陈独秀、梁启超。周作人名列第一位，确实名副其实。一是散文写作的文字巨多，由止庵校订的《周作人自编集》就有

35 部，而钟叔河编订的《周作人散文全集》达 14 卷 700 多万字，这是非常珍贵的现代散文遗产；二是周作人的散文题材极其广泛，除去文史哲等方面不说，日常生活以及回忆故乡往事的笔墨也占有很大的分量。客观地说，周作人的散文几乎就是一部现代社会生活与文学发展史。为什么周作人的散文能取得如此的艺术成就呢？

答案还是由他来揭开。1923 年 3 月 22 日，周作人为《之江日报》十周年纪念撰文，结合自己的散文写作以及论述散文与风土人情的关系，他说："须得跳地面上来，把土气息泥滋味透过了他的脉搏，表现在文字上，这才是真实的思想与文艺。"这就是周作人散文写作的全部"奥秘"所在——散文的重要艺术特征，就是要有"土气息泥滋味"。

"土气息泥滋味"是散文艺术生命的内在审美精神，这不但是周作人散文写作始终贯彻的主线，也是现代散文欣欣向荣的根本原因。鲁迅先生的散文，大都是抒写故乡或者刻画师友情感的篇什，例如，《狗·猫·鼠》《五猖会》《从百草园到三味书屋》《父亲的病》《藤野先生》《范爱农》《我的第一个师傅》《女吊》《记念刘和珍君》等。这些散文作品，非常切近现实生活，特别是通过典型、生动、独特的细节描写，塑造出性格鲜明和个性突出的人物形象，散发出浓厚的"土气息泥滋味"。周作人曾经说，现代散文的源头，一个不容忽视的现象，是倡扬晚明的"性灵派"，如"三袁"和张岱的散文起到了不小的作用。其实，他自己的散文却很少有这些影响，他很是推崇南北朝颜之推的《颜氏家训》，无论从行文的风格和思想的认同上，倾向于这种朴实、平淡却包含着殷殷深情的独叙一般的话语特征。倒是林语堂的散文有着显著的晚明散文风格。林语堂对古典经学的根底不深，深受西方基督教文化的熏陶，毕业于上海圣约翰大学，后留学美国、德国，获哈佛大学文学硕士，莱比锡大学语言学博士。回国后在清华大学、北京大学等校任教。他的散文有着自然挥洒和抒发性灵的艺术特色。林语堂 1932 年开始创办《论语》《人世间》《宇宙风》等杂志，同时，写出了《人生的盛宴》《生活的艺术》《老子的智慧》《孔子的智慧》等散文集，促进了现代散文从陈腐的"桐城派"阴影里走出来，破除了禁锢人写作思维的"八股文"的潜意识散文模式，这对现代散文的成熟与成长起到了很大的作用。

要说现代散文的真正成熟与发展，自然与梁启超、陈独秀、胡适、鲁迅、周作人这些致力于推动现代散文的开山祖师有关，更重要的是出现了朱自清、林语堂、梁实秋、徐志摩还有稍后的沈从文等实力派散文家有关。他们的散文写作终于构架起现代散文这座流光溢彩的人文大厦——虽然这些散文家的美学追求和笔法各有不同，然而，不管是偏重于书斋生涯的煮文烹字也好，还是把散文的艺术才情寄托于山水自然也好，抑或是反映社会现实状况也好，一个重要的现象，就是深切地把散文的笔触深入时代与真实生活中去，也就是充满了"土气息泥滋味"。在这里，请注意，周作人所言说的散文的"土气息泥滋味"并不完全是指散文的描写题材仅仅是"乡土"，譬如，他与其兄的散文常常魂牵梦萦绍兴水乡的童年往事以及故都北平的风土人情和社会关联等，应该还包含着读书治学的深切感受以及在此中触发的写作灵感，把古老的历史深处的一些充满着人生和社会智慧者借了自己的散文笔触予以"复活"，来表达作者对现实社会的艺术态度和生活回应。不过，洋溢在散文篇章里的情感要求是真实而强烈的，与徜徉于山水自然里灵魂的愉悦和精神的解脱所流露出来的情感几乎是具有同等的价值，这也是散文"土气息泥滋味"的艺术表现，而不能排除在外。

周作人提出散文要有"土气息泥滋味"既是对现代散文的艺术规律的有益探索，也是对现代散文的美学特征的艺术概括，已经过去将近一个世纪了，但是，他的这一观点，对当下的散文写作仍然有着很重要的艺术启示，用时下的语言来讲，散文要"接地气"，这就是：散文要有强大的艺术生命力，就要扎根于丰富的社会现实中，要深刻表现带有地域特色的风土人情，还要植根于厚重的传统文化之中，表现出不虚伪不做作的真情实感，艺术地反映出平常的琐碎的生活里闪耀着人性与整个时代精神的美好来；若或是充满书卷味的散文，也应当成为烛照世界丰富人的内心的美丽的彩虹，绝不能走到讲究虚浮夸张和思想贫弱的地步去。

散文是“时代之花”

散文是一个古老而又十分年轻的文体。说到古老，就已知的情形来看，至少在西周时期散文文体已经成熟起来，《尚书》的一些篇章，就已经具备散文的艺术特征。无论是叙事还是议论，莫不感情充沛，语言精美，甚至流淌着厚重的诗意，很有美学意境和思想气韵——同时，还有一个十分明显的特征，这就是散文的创作紧密地与现实社会和当下的生活场景相关，没有凌虚高蹈远离人间烟火的味道，倒是强烈地散发着“地气”，并不曾脱离了当时的政治经济生活，和整个社会息息相关。春秋战国时期的散文，更加凸出了现实关怀，表达出“诸子百家”意气风发的政治诉求和社会主张——这些既说明了散文文体的源远流长，也说明了散文文体本体就是“时代之花”——散文属于“时代之花”，是我对散文文体的审美和艺术特征的一个比较明晰的认识。

对于散文的认识，也有一个非常漫长的过程。在我国文学发展的相当长的时期中，散文几乎囊括了除去诗歌、小说和戏剧以及一部分实用文体之外，其余的例如书信、序跋、笔记、碑文等（所有的）文体。这当然不是科学的对散文文体的界定。但是，相当困难的是，散文文体究竟如何界定呢？至今仍然没有一个确切的文体概念——不过，一般来看，散文不会超越叙事、抒情和议论这样的范畴。前些年，在研究我国古典散文的时候，采取了这样的分类：抒情散文、史传散文和议论散文。因为，这三类散文是我国古典散文的主流，而且成就并支撑起我国古典文学史的主要构架。

为什么说散文是"时代之花"呢？因为散文这个文体的思想表达要求和审美要求，决定了这个文体必须扎根于时代与现实的土壤之中，要确切地表达各个不同的历史时期的时代与社会的政治要求和愿望——我国的古典散文史就充分证明了这个说法。无论是儒家还是法家、墨家、名家和阴阳家以及其他的学术流派，无不借助散文来表述自己的政治要求和愿望，而且，为了使他们的这些要求和表达易于为人们所接受，他们无不在散文的艺术表现方式上费尽心血，甚是讲究辞章结构和逻辑思想。所以，当我们阅读先秦诸子的散文还是后世诸如刘向、董仲舒、司马迁以及"唐宋八大家"乃至元明清杰出散文作品，不但被其篇章表现的隽永深刻的思想所折服，也往往陶醉于其由文字营造出来的优美意境和丰沛气韵与精彩纷呈的语言之中不能自拔——这就是说，散文的思想生命和审美艺术生命是根植于时代与现实社会生活里面，是时代与现实社会生活闪耀着思想光芒和语言艺术风采的文体。

"时代之花"是说散文是时代精神的反映，当然，还要依据散文本身的审美与艺术特性。首先是要真实。真实是散文艺术的生命线。什么是真实呢？真实就是客观地反映现实生活，就是通过对现实生活里发生的人与事进行"切近"的描述。自然，在描述的过程里离不开语言叙述和心理刻画，这是最能表现人物灵魂的艺术手法。史传散文就具有这样的品质。同样，不管是抒情散文还是议论散文，都要具备真实这样的品质。若是没有真实这样的艺术要求，就根本打动不了读者，就不会产生震撼人心的散文作品。

既然散文的生命线是真实，那么，就要求散文写作者必须具备洞察现实生活的艺术能力，善于透过浮躁而零碎的现象，抓住现实生活里本质的东西。这里所说的本质的东西，就是指时代与社会发展的内部规律——或者说，决定了时代与社会发展的趋向——这种趋向是任何力量也阻止不住的。说散文属于"时代之花"，在某种意义上是说散文就是要表现出时代与社会发展的内部规律，而不是满足于风花雪月和花前柳下的无病呻吟。当然，由于散文的艺术体裁，决定了散文不可能全貌地揭示出时代与社会发展的内部规律——不仅仅是散文，就是小说、诗歌或者戏剧也是这样。但是，这并不是说散文就不可以完成这样的美学追求，而是通过对高度浓缩了时代与社会的事物进行艺术描绘，犹如打开了辉煌壮丽的建筑群的一扇窗口，借着这扇窗口而知整个建筑群的风貌——自然，这是需要散文写作者要有敏锐的洞察一切的眼光和善于把握事物概况的能力。说到底，这是散文写作者的思想高度和艺术能力的综合表现——有的观点认为，散文写作是"随便"就可以执笔为文，这是不正确的。散文，要求写作者具有一定的哲学理念和丰厚的思想资源，否则，也许能写出一些所谓的散文篇什，可以断定，这些所谓的散文篇什很快就会被时间的潮流所湮灭。那些真正的巨匠的散文，则不会被时间所遗忘，反而更显出色彩的绚丽而具有恒久的艺术生命力。

气韵是散文的重要审美和艺术条件。气韵是我国古代的美学和艺术的一个重要概念。这里所说的气韵，主要是指散文的思想和哲学理念。正如上文所说，散文需要其写作者有思想高度和艺术能力。确实如此。一个从事散文的写作者，主要的艺术修炼除去大量的语言实践和储备，更重要的是思想认识的提升与哲学理念的完善。以我国古典散文家为例，先秦的诸子百家一直到近代的"桐城流派"，其写作者莫不是有着强烈的思想观念，或者儒家学说，或者老庄学说，或者墨家学说，或者佛家学说，这是他们写作的思想与哲学理念的出发点，或者说，正是这些学说支撑起他们的散文骨架。有一句话，叫作"韩潮苏海"，是什么意思呢？是说韩愈的散文犹如潮汐一样，涌动起来弥天盖地，气势磅礴；苏东坡的散文就像大海，浩渺无际，雄浑壮阔，具有排山倒海的力量——这话概括了韩愈和苏东坡散文具有很强烈的艺术感染力，而究其实，无异于是说韩愈和苏东坡的散文具有强大的思想力量：韩愈秉持的是儒家学说，是思想价值观概莫能外；而苏东坡除去秉持儒家学说之外，还包含有不少的道家和禅学的内容，所以，韩愈的散文与苏东坡的散文相比较，前者的思想格局显然没有后者的大，但是，后者的思想未必有前者的思想深刻。在唐代，韩愈既是文学家也是思想家，而苏东坡在宋代还是不能算一个思想家的——也就是说，韩愈对儒家的思想不仅是继承而且还向前推进了一大步，表现在散文上，提倡"文以载道"，明确地提出儒家学说是散文主要倡扬的主导思想；苏东坡不是这样，他虽然立身于儒家学说，同时，还积极采纳了道家特别是禅学的思想，主张灵魂的自由与人生的舒适，追求一种理想化的高远的哲学境界。我们在这里不是品评两者的高下，而是要说明，他们的散文艺术上都达到了非常的高度，成为我国文学史上最为珍贵的遗产之一。之所以取得这样的艺术成就，一个重要的原因就是其散文具有充沛的气韵——思想力量。过去，在阅读我国古典散文的时候，总觉得语言很美意境很美，但是，不明白这种美来自何处，也就是说，缺少古典思想与哲学理念的底蕴。后来，从文学慢慢转入经学转入道家学说和佛学，再转回来欣赏古典散文，才知觉了古典散文的美，一个非常重要的现象就是渗透了思想和哲学理念——这才是包括韩愈与苏东坡作品在内的我国古典散文真正强大的生命力所在。

在这里，并不是强调散文是单纯的思想与哲学理念的宣传载体，而是说，散文是要反映时代精神。时代精神实质上就是引领现实社会前进的思想与哲学理念的高度凝练与体现。散文如果没有或者缺少时代精神，那至少其内容是十分单薄和苍白的，不能帮助读者的思想与情感升华，也不能提升读者的认识生活和认识社会的能力，感知不到我们时代的发展方向，那么，这样的散文作品肯定得不到读者的认可与欣赏。如果缺少读者的认可与欣赏，其散文作品的生命力就会很快枯萎了，更算不上完整的文学作品——根据美国文艺理论家布恩在《小说修辞学》里的观点，读者不是消极的文学作品阅读者，也是建构文学作品的重要部分——试想，读者在散文里没有获得自己渴望获得的思想和哲学理念的满足，这样的散文可能语言和艺术结构都不错，可是缺少了散文的气韵也就是思想的力量，就会丧失艺术的价值而被时间湮灭。

强调散文的气韵，就是强调散文的思想力量，但是，没有否定散文不需要讲究的语言和优美的意境及写作的精湛技巧，这同样是值得注意的。文学作品首先是语言的艺术，散文更是要把语言推向尽可能达到最大值的艺术表现地步——这是散文的艺术品质对语言的起码要求。在这个方面，唐代文学家王勃在汉语的运用上，达到了一个非常高的境界，读他的《滕王阁序》，无论是汉语的色彩、音韵和修辞手法的使用都令人叹为观止，还有苏东坡的《前赤壁赋》，张岱关于西湖的描写，出神入化，美不胜收——这些，都说明了散文对语言的特殊要求。散文对语言的特殊要求是什么呢？简单地说，一方面是语言的基本功能，这就是语言的叙述和表现；另一方面，是语言的艺术功能，通过实词和虚词的组合与搭配，让语言活泛起来——这些是要专门论述的，这里不过多地涉及了。

散文是一切文学体裁的基本文体，也有其独特的艺术要求和内质规定。散文是"时代之花"并不是说散文只能是正面描写社会和现实生活，还要积极地把写作者对社会和现实生活的思考表现出来，这是散文艺术的重要特质之一。例如，韩愈的散文，有不少内容都充满了论辩的光芒，充满了他对儒家学说之外的一些思想观点的批判，或者对世风日下的担忧，文章依然气势磅礴而语言精辟，至今仍然有一定的思想认识价值。其他的文学体裁，与散文相比较，对思想和哲学理念的表达就要曲折和隐晦得多了，如小说和戏剧，大都经过人物来体现写作者的思想意图和哲学理念。诗歌则是与散文同质，往往不回避社会和现实生活中存在的一些矛盾，总是能对这些矛盾予以回应。这也是人们喜欢阅读散文的主要原因。

散文是"时代之花"需要写作者具有敏锐的生活感受能力。敏锐的生活感受能力不是先天就可以获取的，是需要写作者通过大量的阅读和文字实践来逐渐提高的。说到阅读，已经成为现代人稀缺的学习习惯——现代人不喜欢阅读，很少有人静下心来伏案读书了。其原因，固然有工业化社会的技术为人们提供了许多可以直观的媒介，电影、电视剧和视频已经成为人们须臾不能离开的获取外界信息的工具，其娱乐性和新闻性，吸引了"手机一族"，特别是智能手机的普及化，几乎从孩子到古稀之年的人群，都可以熟练操作，选择到自己感兴趣的题材。阅读纸质文本则成了一种非常态的阅读，这是非常可怕的文化现象——真的，我不知道这是人类阅读史上的倒退还是前进。智能手机这种碎片化、娱乐化和无指向性阅读，会把人类追求知识的纸质文本阅读排挤到怎样尴尬的地位；在这种智能手机的阅读下，阅读者的精神与思想将会是堕落还是提升，现在还不能确切地予以回答。然而，令人遗憾的是，这种阅读不是按照人类需要的理性知识和认识的逻辑顺序去进行，只是跟着即时的阅读兴趣走，所收获的都是不成体系的东西，这与阅读的本质相去甚远，也根本不会让人们通过阅读提升自己的精神与思想，进而发现新的需要解决的问题，并试图解决这些问题——话说得有点远了，还是说回来吧。散文的写作者的阅读，不能走智能手机阅读的路子，而是要回到纸质文本阅读，通过这样的阅读来不断提升自己的认识和思想水平，获取更多的审美和艺术营养，才有可能持续推进自己的散文写作。

能不能直接从时代和当下社会与现实生活中获取散文的创作素材，这是衡量散文写作者艺术功力高低的分界线。然而，仅有这个艺术功力还是不够的，关键是看能不能选取代表时代和当下社会和现实生活最为本质的东西，这才是决定散文作品的重要因素——在我看来，不管当前有人把散文分为景观散文、旅游散文、人物散文和文化散文、历史散文等等种类，也许散文的写作者由于自己的审美偏好和艺术追求各异，但是，根本的一条就是看能不能让自己的散文作品成为"时代之花"——因为，景观散文也好，旅游散文也好，人物散文也好，还是文化散文和历史散文，其着眼点就在于写出当下的人们的精神和生活状况，写出这个时代与社会的与之前历史过程的新异之处——这新异之处，往往体现了时代精神与思想。不过，这个新异之处，不会直接地袒露出来，犹如隐藏在岩石和土地深处的富矿一样，需要写作者去寻觅去开掘。至于散文写作者选取怎样的题材，历史的或者文化的，鲜活的或者山水的，人物的还是事件的，只不过是散文写作者笔下的素材与载体而已，所反映的却是正确的"当代史"也就是当下的社会与现实生活。

当代散文创作的逻辑起点与艺术追求

我国当代的散文园地，百花吐艳，各领风骚。然而，目前散文创作一方面呈现出自从 20 世纪 80 年代以来，至今经历了 40 年左右的持续繁荣——这是很少见的文学现象，也是世界文学特别是散文发展史上很少见的文学现象。为什么会产生这样的文学现象呢？其中的促成因素很多，最关键的是与整个社会和现实生活的快速发展相关联，与"改革开放"汹涌澎湃席卷天下的主流大势相关联，与努力实现伟大的"中国梦"相关联，也与我们数以千万计的散文作家、散文写作者的不断为这个世界奉献自己的散文艺术心血结晶相关联，所以，出现了这般"万紫千红总是春"的散文创作局面；另一方面，在散文持续繁荣发展的同时，也出现了一些问题，值得注意与研究——这个不奇怪，是正常的艺术现象，是"繁荣与喧嚣"共存的境遇。

散文曾经在 20 世纪初期的新文化运动背景下，出现了初期的繁荣发展，这是我国百年来新文学的重要艺术收获。1927 年 7 月，鲁迅在新潮社出版了散文诗《野草》，第二年 9 月，在未名社出版了散文集《朝花夕拾》，由此算起，中国新文学的散文历史已近百年。这个漫长的历史时期，散文创作一直是新文学的最高成就。1933 年 10 月 1 日，鲁迅先生发表在《现代》第三卷第六期上的《小品文的危机》里，对"五四"运动以来的新文学，有过这样的论断："散文小品的成功，几乎在小说戏曲和诗歌之上。"

新中国成立后，散文以"初春的抒情"为审美特征，出现了新的繁荣发展期，杨朔等散文作家的创作实绩，构建了我国现代与当代散文的"分水岭"，新文化运动以来的散文风格与艺术迅速转换为具有社会主义文学观念与思想的散文创作。无论是以鲁迅为代表的我国新文学运动的散文创作，还是新中国成立以来近 70 年的散文创作，包括改革开放以来 40 年的散文创作，就其发展看，散文一直真实记载着我国在现代化进程中的社会变革和中国人民为实现中华民族伟大复兴的不懈奋斗，同时也切实反映出广大作家对社会发展的热切关注和当代散文在艺术上的革新进步，不仅为世界讲述着中国正在发生的精彩故事，更为世界文明与人类文化的发展贡献着深刻的思考和独特的创造。

进入新时代，我们比历史上任何时期都更接近、更有信心和能力实现中华民族伟大复兴的目标。自 1840 年以来历经磨难的中华民族，迎来了从站起来、富起来到强起来的历史性飞跃——新时代为散文创作提供了巨大的空间，关键是我们如何认识新时代与真正把握新时代精神风貌和生活的本质特征，这是我们散文作家应该具备的散文艺术的历史站位与逻辑起点。

面对新时代人民对于美好生活的更高要求，当前的散文创作与时代发展大潮之间仍然存在一定的差距。散文创作不同程度上存在着审美观念滞后和思想僵化的问题——主要体现在散文创作仍然停留在对现实生活的浅表层次认识水平，触摸不到决定社会走向的内在的强大脉动，满足于小情怀、小恩怨、小波澜、生活小断面的描写，停留在自然主义的呈现方式而不能有所创新与突破，不能真实反映人民生产生活的生动现状和人民喜怒哀乐的复杂情感，回避或放弃现实关注，偏向于写作所谓风花雪月的"空灵"的东西，使散文创作渐渐偏离现实生活，或者出现对现实生活聚焦不准甚至扭曲的现象。表现在艺术方面，散文创作不同程度上存在着创新不足和写作手法老套的现象，艺术格局狭窄，缺少鲜活生动的语言和雅正句式的优美呈现，这就使得散文创作缺少审美追求的动力。虽然近年来的散文作品，特别是新媒体介入社会生活和个人空间，散文的门槛降低，作品呈现出几何增长现象，满足了不同层面读者的文化需求，但同时也应该清醒地认识到，量的增长只是繁荣的一个方面，质的提高才是文艺的本质要求。如何才能提升散文作品的质地与艺术境界呢？我国新文化运动近百年与新中国建立70年的散文创作实绩，为新时代散文创作提供了审美参考。

散文作家始终敏锐地把握时代进程，始终与人民情感深度共振这是散文持续繁荣发展的内在动力与艺术追求。鲁迅的散文创作是我国现代文学的高峰。他的《朝花夕拾》收录了10篇散文，勾勒了从清末到辛亥革命时期的若干社会生活风貌，是一幅幅世态图和风俗画。虽然是回忆性散文，但蕴含了作者对历史的深刻思考和对现实的执着态度。他善于摄取生活中的小细节，以小见大，写人则写出人物的神韵，写事则写出事件的本质；还善于把记叙、描写、抒情和议论有机地融合为一体，充满诗情画意，蕴涵丰厚。

孙犁是优秀的散文家，也是人民的文学的实践者。1947年，香港海洋书屋出版了他的散文集《荷花淀》；1958年，中国青年出版社出版了《白洋淀纪事》，1962年，百花文艺出版社出版了《津门小集》。1979年至1995年，陆续出版了《晚花集》等10种散文集。他的散文特别是晚年的散文，几乎在艺术上达到了上乘的地步，其记人、叙事、议论与描写环境景观，真实地记叙了我国社会变革与现实生活向前发展的历史印痕，刻画出在时代潮汐里人物的情绪、心理和心灵的细微的颤动与内在风景，记录了时代进步的风韵遗响。可以看出，只有把心交给人民，才能写出这种发自内心的有"情"文学，获得传达于当时、传信于后世的艺术生命力。常常惊叹孙犁的貌似平静却非常传神地表达出人物心理发展层次的语言刻画人物的艺术表达能力，在《报纸的故事》里，达到了炉火纯青的地步：

说实在的，我是想在失业之时，给《大公报》投投稿，而投了稿子去，又看不到报纸，这是使人苦恼的。因此，我异想天开地想订一份《大公报》。我首先，把这个意图和我结婚不久的妻子说了说。以下是我们的对话实录：

"我想订份报纸。"

"订那个干什么？"

"我在家里闲着很闷，想看看报。"

"你去订吧。"

"我没有钱。"

"要多少钱？"

"订一月，要三块钱。"

"啊！"

"你能不能借给我三块钱？"

"你花钱应该向咱爹去要，我哪里来的钱？"

谈话就这样中断了。这很难说是愉快，还是不愉快，但是我不能再往下说了。因为我的自尊心，确实受了一点损伤。

这段对话，真有意思，把作者与新婚不久的妻子之间的关于订阅报纸的情理矛盾入木三分地表现出来了。如果没有深入细致的生活体察与情感体验，是不会写出这样的文字的。是的，生活是作家的最为可贵的创作财富。只有深入生活，研究生活和理解生活以及变革生活，才能获得源源不断的散文创作素材，才能真切地感受到社会进步和历史前进的脚步声。

柳青当年为了深入生活，深入长安县皇甫村 14 年，写出了长篇小说《创业史》。这里要说的是，他 1972 年写的散文《建议改变陕北的土地经营方针》，通过对法国南部地中海沿岸加龙河下游葡萄产区和美国西海岸加利福尼亚苹果产区的考察，得出的结论是"陕北地区的气候、土壤和地形是天然的最理想的苹果产区"。他还从 18 世纪的英国说起，勾画出农业结构调整后延安、绥德、榆林的风貌，畅想着在这些地方修筑水电站，"为了便于管理和使用，可修三至五个大型水电站"。还有铁路，"先修最重要的一两条线与华北和关中相通，再修次重要的两条，还需修境内支线"。特别是他提到希望这个地区的经济尽可能得到充分发展，跟这个地区的光荣历史相辉映，至今读来还令人动容。柳青的梦想，今天都已经实现了：陕北已经成为我国的能源基地，黄土高原上的苹果、大枣等，已经成为名闻天下的品牌农产品，深受消费者的喜爱。这篇文字，在文学史上无法与他的《种谷记》《铜墙铁壁》《创业史》比肩，也远没有《一九五五年秋天在皇甫村》在读者中的影响广泛，但它打开了通向作家创作奥秘的一个甬道：散文艺术的根，应该深深地扎在生活的土壤之中，必须同人民同呼吸、共命运，必须与人民心连心，这样的散文作品才能具有不衰的艺术生命力。

散文创作要表现出新时代社会生活本质，反映新时代绚丽色彩和真实社会变革的历史、社会和人的心理的深刻真实记录。散文创作要准确把握新时代的社会的主要矛盾：人民日益增长的美好生活需要和不平衡不充分的发展之间的矛盾。这个主要矛盾，制约影响着新时代社会和现实生活的各个方面，散文创作也无法绕过这个主要社会矛盾，特别是要关注"一带一路"建设，这是散文创作的富矿，里面有挖掘不尽的题材和客观的审美对象物，还要研究当下的新的乡村问题、环境问题等重大的社会现实问题，不能只偏重于浮光掠影、走马观花浅表层次描写社会与现实生活，更不能扭曲社会与现实生活。当下的散文描写领域广阔，有历史文化散文，有旅游景观散文，有叙事记人散文……无论偏重于何种题材的散文写作，不可以游离于新时代的这一伟大的社会和历史进程，更要与人民息息相关，要表达出人民的喜怒哀乐，唱响为人民服务，为社会主义服务的主旋律。

中国特色社会主义进入新时代，我国的发展已站在一个更高层级的历史方位上。作为时代精神的书写者和人类灵魂的铸造者，散文作家也同样站在一个更高层级的文化起点上。要充分认识到新时代之于中华民族迎来从站起来、富起来到强起来的历史性飞跃的意义，要充分认识到科学社会主义在中国的成功及在 21 世纪的中国所焕发出的强大生机之于马克思主义、之于世界社会主义实践的意义，要充分认识到中国特色社会主义道路、理论、制度、文化建设及对现代化途径的探索为世界贡献了全新的选择和方案，要充分认识到中国日益在世界舞台发挥作用的同时，社会主要矛盾已经转化为人民日益增长的美好生活需要和不平衡不充分的发展之间的矛盾。这关乎散文作家能否成功地处理好由无数日常生活和当下经验组成的诸多"现状"之上的那个更宏阔、更丰沛也更有力量的"现实"，并以审美的目光将所观察到的事物加以有机整合，记录这个时代人民对美好生活的向往，提升这个时代人民的审美品格。

散文这样写的可能

一些热心的朋友读过散文集《空山新雨后》之后，对我不好意思当面说出自己的意见，私下认为散文不应该是这种写法，这种写法背离了散文的艺术轨道——是的，在整个散文集里，传统的景物描写与抒情几乎很少，反而是大量的充满理性的论述或者枯燥的思想阐述——有人质问：这是散文吗？

我的认识是这样：散文，这是一个包容性非常广阔的文体，既有描写景物与抒情的艺术表现，也有类似我这样的写法。而且，当散文写到一定的境界的时候，会不由自主地脱离开原来的审美定式或者说艺术轨道，而进入另外一个新天地。这个新天地不再是风花雪月，也不再是一己之恩怨，也不再是闲情逸致古色古香的怀旧之思，而是把艺术的视野放大到整个世界和整个当代思想潮流，触及文学的本质与日益严重的社会问题，例如整个社会的工业化进程带来的生态问题和人类的伦理道德思想问题，还有文学如何适应当下社会以及文学应该走向怎样的路径——这些问题，是散文应该反映的题材和表现的内容。当然，散文不是社会科学论文，但是，散文的艺术性决定了散文是一个受体广泛的文体，也是一个通过柔性的文字可能表现出以上提出的问题，给阅读者以深沉的理性的启迪与心灵撞击。这也许比社会科学论文的阅读影响要大得多，人们也容易接受——在一个需要提倡理性与启蒙的时代，我认为，散文肩上担负的艺术使命不仅仅是审美而且更重要的是提升人类的思想与纯洁人类的灵魂。

我的散文，特别是这部名之曰《空山新雨后》的散文集，更多的是追求这样的思想境界与理性高度，至于散文的传统艺术则减弱了许多，甚至在一些篇章里决然消失了。这也是一种散文写法的新的尝试。文章合为时而著——在一千多年前，唐代诗人白居易的文学观点，依然有着非常强大的生命力，至少他揭示出一个艺术发展规律，这就是：文学艺术从来是具有当代性，离开了当代性，离开了现实社会，离开了一定的经济形态，那么，文学艺术就缺少了鲜活的原创的力量，也就是缺少了生长的环境与土壤，注定是不会流传下去的，因为，这样的文学艺术没有时代与社会赋予的丰富的内涵与思想的支撑——这就是我对白居易文学观点的理解，也是我这一段历史时期的写作的主要方向。

当这部散文集即将问世的时候，有位很有眼力的书评家，这样解读为什么要命题为"空山新雨后"的，他说：

如果单看书名《空山新雨后》，恐怕有很多不知情者会误以为它是一部跟王维有关的人生传书，或者与《王摩诘文集》有点千丝万缕关联的作品吧。其实不然，它仅仅是撷取了王维《山居秋暝》中的名句为书名，寓意有三：其一，作者拜读佛学经典与王维晚年研读佛经的经历不期重合故引用之，切合当时心境；其二，诠释对山水田园道法自然、天人合一的向往；其三，对于应和当下社会经济走向的新文化的期盼。如果之前接触过柏峰的几部散文集《野涧散墨》《月在东篱》《归梦绕山乡》《星垂平野阔》，就不难发现它与那几部书名意境一脉相承，同为一派山水田园风光。这既是作者内心寄情山水的审美理想外化，也表现了作者看似钦羡出世，实则是向那些在精神漫漫长路上不停求索的先辈致敬。言下之意，作者向往的除了笔下空山新雨后的自然景致，还有耐人寻味的文化景观。

读完这段文字，我的第一感觉是，这才是独具慧眼的书评家，三言两语就击中了我写作的初衷与想法——在这里，我向这位从未谋面的先生致意，因为，这样的解读胜过许许多多不切合实际的高头讲章，这是真正契合了作者写作意图或者说解密了作者内心写作的艺术密码——这样的书评家确实厉害且具有极强的艺术敏感力。

　　一部书稿出版后，就与作者没有什么关系了，作品的生命力全在于读者，或者喜爱或者不喜爱，这就是作品的造化了。作为作者来说，本来不应该说这些话，但是，正如母亲总是以欣喜的心情看望着自己的孩子，唠唠叨叨几句话，无非是说：散文的这样写法的可能而已。

秦岭秋风入画图

　　著名美术史学家佘城在《宋代绘画发展史》中，提出一个非常重要的论断，这就是"范宽与建立之'关陕'画派"。他说，"关中、陕西地区，唐代以来即为山水画发展的重心"——事实确实如此。我国的山水画，在魏、晋、南北朝时期，已经开始摆脱从人物画的背景与陪衬的次审美关系，逐渐走上独立发展的道路。真正的出现比较完全意义的审美特征，是在隋唐时期，展子虔的设色山水，李思训的金碧山水，王维的水墨山水，王洽的泼墨山水等，相继推进了山水画的进一步发展。而五代，虽然军阀割据，战争频繁，但是，正是此时，我国的山水画进入到崭新的艺术审美历史时期。

　　这一历史时期，出现了以荆浩、关仝为代表的山水画大师。他们继承了隋唐以来优秀的山水艺术传统，又经过艺术的新实践不断推陈出新，犹如魏晋时期是文人创作的"自觉时代"一样，山水画在他们的积极推动下，也进入一个艺术的"自觉时代"。荆浩，字浩然，沁水人。在后梁时期，因避战乱，他隐居于太行山洪谷，潜心于山水画，提出了山水画必须"形神兼备""情景交融"的理论要求，以及在《笔法记》中，提出了"气、韵、思、景、笔、墨"的绘景"六要"的艺术观点，是我国古代山水画理论中很有价值的美学思想。关仝，亦是五代著名的山水画家，长安人，早年师法荆浩。其山水颇能表现出关、陕一带山川的特点和雄伟的气势。米芾说他"工关河之势，峰峦少秀气"。他喜欢描绘秋山、寒林、村居、野渡、幽人逸士、渔村山驿的生活景物，能使观者如身临其境，具有强烈的艺术感染力。

宋代是我国古代文化高度发展的时期，无论是哲学与文学艺术领域，都出现了超级"巨人"：周敦颐、二程、朱熹、张载等思想哲学家，把我国传统的以孔孟为核心的儒家学说发扬光大并不断创新，建立起以心性为主体概念的"理学"流派；而文学艺术方面，则有欧阳修、范仲淹、王安石、苏东坡、曾固、李清照等文学家，共同打造了宋代文化的高峰。如果进一步研究，就会发现宋代一个非常有意义的现象，无论是哲学还是文学艺术，均出现了许多流派。影响比较大的而言，前者就有濂、洛、关和闽学等流派，这些学派，互相影响又互相制约，把我国古代哲学推向春秋战国时代也就是西方哲学家认为轴心时代的哲学文化繁荣昌盛之后的第二次高峰。

就地域思想哲学而言，我一直在思考这个问题：为什么能在关陕地域而不是在其他地域产生以张载为代表的关学学派，如果排除掉思想哲学的发展的主要规律要求，而从自然环境、人文环境和社会历史环境方面入手，可以发现：关学学派只能而且必然在关陕发育和发展。这是因为，关陕是我国古代精神文明的发源地，儒家的全部学说基础都是建立在周代特别是西周以来的礼乐文化之上，同样，这也是古代思想哲学的策源地。不但儒家学说是这样，道家学说也是这样，老子东入函谷关书写了举世闻名的《道德经》之后，来到关中腹地秦岭北麓风景秀丽的楼观台，进行阐释和宣讲自己的思想哲学，换句话说，在楼观台老子的思想哲学才真正成熟起来并且得到发扬光大。再者，起源于古代印度的佛学，进入我国以后，也是在关陕逐渐走上我国古代思想哲学的前台，例如，撰写过《大唐西域记》的玄奘，历尽千辛万苦，从佛学兴盛之地取回经卷，在长安一带的寺院里，进行研究以及翻译推广，至今影响不衰——这些，都为我国古代思想哲学的第二次兴盛全方位奠定了精神文化基础，特别是对关学学派的形成，更是具有重大的直接的影响——值得注意的是，张载在穷究佛学、道学甚至兵学之后，毅然而然，摆脱了佛学和道学以及兵学的纠缠，认定儒学乃是安身立命的当时最为先进和科学的学说，于是，他提出了"为天地立心，为生民立命，为往圣继绝学，为万世开太平"的治学伟大目标，建立了比较完整的以"气"为本体的哲学体系，开辟了朴素唯物主义哲学的新阶段——也许，可以这样认为，在张载主张的思想哲学里，绝少甚至没有佛学和道学的影响因子，与其他的思想哲学流派相比较，继承发扬了纯粹的儒家思想哲学——表现在理论上，没有构成类似朱熹那样的系统而具有玄远的思辨色彩的思想体系，但是，句句实在，字字闪光，其主要观点凝结在《西铭》区区百余言中，建构了以"乾父坤母"和"民胞物与"为基本内容的宇宙秩序、社会秩序与家庭秩序，这是我国古代哲学的一个全新的理论结晶和贡献。这也是张载关学学派的思想内核。在这个思想内核包含着宇宙、社会和家庭三个层次的精神境界，对宋代以来的关陕学人和社会具有深刻的共同认识价值——形成了关陕地域区别于其他地域文化的独特思想风貌。就后者来说，同样出现了起端于唐代然而在宋代继续发扬光大的散文复古运动，就是在诗词方面，也有以黄庭坚为首的"江西派"诸流派。出现这么多的哲学和文学流派，说明宋代具备了社会政治经济有利于思想文化的快速发展条件，这是非常值得怀念的时代。就绘画书法来说，如同哲学与文学艺术，取得了前所未有的大发展，也出现了不同风格不同审美追求的流派。山水在进入一个艺术的"自觉时代"里，仍然呈现出缤纷多彩的局面，出现了专门的山水画大师。他们积极秉承了唐代以及五代以来的山水画余绪，并且把山水画提升至完全崭新的境地。

荆浩和关仝，还有宋代初期的李成，都是最为优秀的山水画大师，最为显著的艺术功绩就是促使山水画独立地发展起来，也就是说，我国的山水画，至此才与人物画、花卉画等分门别类，建立起自己的艺术脉系，在以后的历史岁月中壮大繁荣起来。李成则是荆浩、关仝与范宽为代表的"关陕画派"之间承上启下的关键画家。李成，字咸熙，原籍长安，先世系唐宗室，祖父于五代时避乱迁家营丘，今山东青州，故又称李营丘。他师承荆浩、关仝的山水画风，为了师法自然，足迹遍于深山大川，其山水多为郊野平远旷阔之景。在笔墨上，偏爱淡墨，画山石如卷动的云，后人称之为"卷云皴"，画寒林又自创了"蟹爪"法——这很不简单，开了山水画法的新路径，令人耳目一新。他的山水画流传至今的主要有《读碑窠石图》《寒林平野图》《晴峦萧寺图》《茂林远岫图》等。应该说，这三位山水画大师是宋代以范宽为代表的"关陕画派"的启蒙老师，他们直接传承了山水画艺术的优秀传统，又能与时俱进，在新的历史时期终于形成了具有鲜明地域特色而又极具我国山水画史价值的艺术流派，支撑起我国古代山水画的北方阵营的半壁江山。

可以说，五代时期与宋代初期的荆浩、关仝以及李成，他们的山水画理论与山水画创作，为以后横空出世的范宽以及"关陕画派"的出现，奠定了基础。没有他们在山水画上的巨大艺术成就的哺育，也许，后来山水画的发展历史或者成为另外的叙述。

说到范宽，他的生平与绘画创作的历史资料极少，仅仅可以看到的有关历史资料，特别是他的山水画理论和目前能见到的山水画作品，就足以震撼人心，可以从中吮吸山水画发展的有益的美学营养。范宽又名中正，字中立，华原人。据画史记载，约生于五代后汉乾祐年间，在宋仁宗天圣年间还健在。他用了一生的工夫专门进行山水画创作，早年师从荆浩、关仝、李成等画家，后来，他深刻地感悟到"前人之法，未尝不近取诸物，吾与其师余人者，未若师诸物也；吾与其师与诸物者，未若师诸心"。于是，舍去旧习，移居终南、太华山中，长期观摩写生，"浏览其云烟惨淡、风月阴霁难状之景"，将山川气势以及四季变幻尽收胸臆，再默与神会，"对景造意，不取繁饰，写山真骨，自为一家"，终于获得大成。

须知，宋代也是我国古代绘画艺术发展的巅峰期，从社会的高层到平凡人家，无不喜欢欣赏和收藏绘画作品，我国古代的画院也至此发源，这对绘画艺术确实具有很大的促进作用，更重要的是由于整个社会崇尚文学艺术，正如马克思在《〈政治经济学批判〉导言》所说的："艺术对象创造出懂得艺术和具有审美能力的大众"——文学艺术家与广大的社会艺术受体产生了良性互动态势，这是宋代文学艺术走向我国古代文化的灿烂时期的内在主要因素——在这种艺术氛围下，能得到这样入木三分的艺术评价，范宽确实不简单，就连权威的《宣和画谱》也指出："故天下皆称宽善于山传神。"刘道醇在《图画见闻录》中称其"刚古之势，不犯前辈"，也就是说，范宽已经达到能够完全彻底地摆脱前代画家的艺术影响而独出心机，达到了非常高的美学境界。

"最善于山传神"，这句话是对范宽山水画艺术的关键美学概括。正是由于范宽在长期的山水画实践活动中，领悟到艺术的真谛是要经历一个"师诸物"到"师诸心"的非常艰难而又必须走的创作过程，而这两者，又是"存在"与"认识"的哲学关系，前者是后者的生成条件与物质基础，后者是前者的神领与默会，也是认识上的更高层次的提升——没有"师诸物"就不会"师诸心"，"师诸心"是对"师诸物"的精神超越和艺术表现。

范宽正是摸索到了这样具有高度美学价值的山水艺术创作规律，所以，他坚持深入终南、太华山脉，不断艺术地打量山水，不断获取山水画的创作激情，因而创作出《溪山行旅图》《关山雪渡图》《万里江山图》《重山复岭图》《雪山图》《雪景寒林图》《临流独坐图》等至今仍然令人难以企及其美学高度的山水艺术作品。

范宽的山水画，选取的描绘对象，如同关仝、李成一样，大多是关陕一带也就是故乡的山山水水，其笔下的山水都可以在亘古以来就存在于关陕大地的巍然高耸以终南、太华为著名景区的秦岭找到"原型"的山水——在他看来，只有故土的山水里，才能找到艺术的灵感；通过对故土壮丽的山水的艺术反映，才能强烈地传递出自己的山水艺术感受和表达出具有极大震撼力的艺术情感宣泄。当然，这种具有极大震撼力的艺术情感首先产生于对故土的热爱。

对于故土的热爱，这是范宽山水画表现出的最为显著的主题思想。以故土关、陕一带的山岭溪谷为主体，这些构成了范宽山水画的审美客观对象物，从而使他进入艺术视野。幽幽深邃的终南山和高耸入云的太华山以及绵延横亘于大陆腹地分割天地为南北的秦岭山脉，都是他的山水题材。例如，《溪山行旅图》，描绘峻峰大岭，悬崖飞瀑，下临溪谷，寺宇林薮错落崇岩，车马旅人行走水岸的情景——如果仔细端详，则可见其写本居然是非常熟悉的太华山岩，峥嵘西岳，青莲盛开，气势雄壮，耸立天外。山下呢？林木幽幽，山岚出岫，流水人家，一径逶迤而去。

这种浓烈的热爱故土的思想情感也充分表现在山水画作里，常常透过画面流露出关陕纯古的风俗特征——关于这一点，绝世的文学家苏轼倒是看得真切，他在评论宋汉杰的山水画时曾说："近岁惟范宽稍存古法，然微有俗气"——这句话有两层含义：其一是称赞范宽有"古法"，也就是说，范宽的山水画继承了前人的优秀传统，又有自己的笔墨，把继承与创新很好地结合起来，形成了自己的独特风格；其二，这"微有俗气"是指什么呢？苏轼紧接着说："汉杰真士人画也"——"俗气"与"士人"相对应相比较而言，那就是指范宽的山水画不属于"士人"的山水画。所谓"士人"，就是指读书人，从事精神活动的知识分子。范宽不属于"士人"，据说，他"凤仪峭古，进止疏野"，加上喜欢喝酒，"落魄不拘世故"，估计也没有读过多少书，更多的是接受了故土关陕地域的风土人情与社会世俗的影响很深，所以，在山水作品里绝少有那么多的"入世"和"出世"的思想色彩，倒是现实社会生活气息扑面而来，因而，从另外的角度来看，苏轼算是慧眼识人，说对了，这种"微俗"，恰恰是范宽浓厚的故土思想情感的自然流露，成为打动人心的艺术力量。

范宽的山水画"不作奇峭琐碎的主题"，善于从正面描绘近山，景物平实真切。这在他的《雪景寒林图》里得到很好的艺术反映：群峰屏立，山势高耸，深谷寒柯间，萧寺掩映；古木结林，板桥寒泉，流水从远方迂回而下，真实而生动地表现出秦陇山川雪后的磅礴气势——这幅画，就能很好地印证范宽的这种"不作奇峭琐碎的主题"艺术风格——记得好多年前，参加著名作家杜鹏程研讨会，会上，有人说，陕西作家善于直面重大题材创作，而且很少迂回作战，总是敢于正面描写所艺术反映的题材——这位文艺评论家在研究过当代陕西诸如柳青、杜鹏程、王汶石等著名作家的艺术创作后，得出这样的结论，是能够站得住脚的。善于正面描写所反映的艺术题材的创作特色，也同样体现在路遥、陈忠实和贾平凹、高建群等作家的创作实践活动中，这就使关陕的当代作家的小说创作无不带有"史诗"的性质，《保卫延安》是这样，《创业史》是这样，《风雪之夜》是这样，当然，《平凡的世界》《白鹿原》和《秦腔》以及新近面世的《山本》也是这样——关陕山高水深，民风淳朴，既有灿烂的西周文明哺育下的儒家学说的深厚影响，又有深受佛教、道教文化的滋润，特别是宋代张载为代表的关学兴盛延绵不绝，形成了立身严谨、崇尚实学和不计利害、敢谋天下大事的进取精神，反映在文学艺术上，就有了这样

"硬气"的创作精神。这种"硬气"的创作精神，早在一千多年前被明代著名书画家董其昌认为是"宋画第一"的乡党范宽身上，得到淋漓尽致的体现！一方水土养一方人，一方人有一方人的性格，又自觉不自觉地支撑起来艺术作品的精神骨骼，成为构成非常重要的审美情感因素。

范宽为了再现关陕浑然雄厚崇山峻岭的美学气象，领悟出一种"皴法"，这即是后人形象地概括出其艺术特征的"雨打墙头皴"，其内涵是："笔画短直、苍劲老辣、干湿浓淡、密密麻麻、互相重叠"的线条，用来绘画石面岩隙，犹如盛夏天气，忽然惊雷四起，狂风过后，万点骤雨斜打在墙壁上一般，故而言之也。用他自己独创的"雨打墙头皴"所创作出来的山水画，笔力雄劲而浑厚，气魄雄伟，境界浩莽，还是刘道醇说得准确："真石老树，挺生笔下，求其气韵出于物表，而又不资华饰，在古无法，创意自我，功期造化"——这句话概括了范宽山水画艺术风貌的本质特征。

荀子在《劝学》里有这样的话："故不登高山，不知天之高也；不临深溪，不知地之厚也。"只有"登高山""临深溪"才会知晓"天之高""地之厚"——范宽在山水画创作上，已经达到当时的画意的巅峰。荀子又谓："积土成山，风雨兴焉；积水成渊，蛟龙生焉"——由于范宽独步一时，于是，关陕一带学习绘画者大多以他为师。在范宽的绘画艺术的影响下，出现了"关陕画派"画家群，成为我国山水画北方画派的主流与中坚力量，不但影响了宋代山水画的发展，而且还影响了以后的山水画的历史发展。

其中有著名画家黄怀玉、纪真、商训、王士元等人。宋代不但出现了犹如范宽这样的山水画大家，而且，诚如上述的马克思指出的艺术对象创造出"懂得艺术和具有审美能力"的大众，这大众里边，也应该包含有专业的鉴赏家和收藏家以及专业的书画理论家，郭若虚就是顶尖级的书画史研究者，他的《图画见闻志》是研究宋代书画艺术的珍贵资料。在这部书中，他记载了关陕画派也是从业于范宽的著名画家黄怀玉，说他"工山水，学范宽逼真"。刘道醇在《圣朝名画评》中高度评价其"意义孤特，得其岩峤之骨，树木皴剥，人物清丽，有范生之风"——这两位书画理论家都指出，黄怀玉的画风与范宽的风格相一致，由此可见，在以范宽为代表的"关陕画派"里，黄怀玉的影响和创作实绩，具有非常突出的地位。

纪真，在《图画见闻志》里，寥寥数字，竟与黄怀玉评价一字不差"工山水，学范宽逼真"。商训呢？刘道醇说他"学关仝山水，彼为切近，观其笔势勾斫，山石少皴，殆不及仝"。郭若虚则认为，他工山水，"亦学宽"。

王士元，汝南宛丘，今河南淮阳人。官南阳从事。有资料介绍他"山水学关仝"，可是，缺少关仝笔下的关陕一带的崇山峻岭，《宣和画谱》说他，"山水中多以楼阁、台榭、院宇、桥径，务为人居处，窗牖间景趣耳，乏深山大谷烟霞之气"，还有评论说其"然求其风韵，则高于关仝，其笔则老于商训也"。

黄怀玉、纪真和商训的生平与山水作品没有流传下来，仅仅在郭若虚和刘道醇的著作里有记载。王士元却录入《宣和画谱》，推论起来，应该是王士元确实"风韵"和"笔力"超出同时代的山水画家，但是，他画风上走的关仝一路，自然也接受了范宽的艺术影响是自不必说的。

至于在宋代画坛上果真形成了以范宽为代表的"关陕画派",这个似乎值得继续探讨。不过,他们有着相同的山水美学追求,而且宗师五代以来的荆浩、关仝、李成和宋代的范宽,有的甚至是学生,沿着这条山水画路径进行艺术实践与创作,必然在艺术思想和艺术趣味乃至审美理论上得到强烈的共鸣,这是毋庸置疑的事实。艺术流派的形成,除去当时的社会条件诸因素,更重要的是要有共同的山水艺术追求。

范宽以及黄怀玉、纪真、商训、王士元等,在宋代的画坛上,由于以上的原因,客观上形成了"关陕画派"。其主要的流派特征: 一是在题材上主要反映故土高山大川的气象风貌;二是正如前面所言,张载的以"气"为主的思想哲学因子,影响在关陕画家身上,就体现出以朴素的唯物主义为艺术创作的指导思想,崇尚先"师诸物"、后"师诸心"的艺术道路;三是不慕荣华富贵,甘于寂寞,在真山真水里寻求艺术创作的灵感和获取艺术题材,反映出带有关陕地域色彩的山水画卷,在我国绘画史上留下了非常珍贵的艺术遗产,也是我们需要认真学习研究并从中不断获取艺术能量和探索不尽的美学矿藏。

却将笔墨唱大风

在陕西的绘画历史上，五代与宋代，曾经以关仝、范宽等人为代表，形成了具有鲜明艺术特色的山水画派——"关、陕画派"，我曾经有专门的论述，在此不再赘言。不过，随着宋代政治经济中心的南迁，南宋之后，再也未曾出现过比较有影响的画家流派，这也是事实。但是，南宋之前，北宋乃至唐代甚至更远的历史空间，关、陕产生了不少著名画家，例如隋唐的阎立本以及唐代的韩滉、韩干和前边提到的五代与北宋的关仝、范宽等，这些画家都给我国的绘画艺术史留下了丰富的艺术宝藏，也为今后的陕西绘画艺术提供了肥沃的土壤和优秀的绘画传统。

当我国历史进入社会主义的 20 世纪 60 年代，聚集于西安的以赵望云、石鲁、何海霞、方济众、康师尧、李梓盛等人为代表的画家，坚持"一手伸向传统，一手伸向生活"的艺术观点，积极学习我国优秀绘画艺术传统经验，积极深入生活，创作出以表现黄土高原古朴倔强为特征的山水画和表现勤劳淳朴的陕北农民形象的人物画，在中国画坛引起轰动——"长安画派"于此形成。

"长安画派"形成的意义是什么呢？"长安画派"的形成与当时在文学创作上形成的以赵树理为代表的"山药蛋派"和以孙犁为代表的"荷花淀派"等艺术现象一样，是我国社会主义文化初期的繁花盛开——在中国共产党的领导下，经历了推翻了帝国主义、封建主义和官僚资本主义三座大山的艰苦卓绝的革命斗争，从此站起来了！这是一个十分了不得的伟大的历史巨变。在这个历史巨变时期，必然带来社会主义文化的繁荣发展——正是这样的历史语境，为我国社会主义革命和建设初期的文学艺术的强势发展带来了巨大的创新力量，在新社会制度的天地里，面对着如此丰富多彩而又积极向上的社会生活，这些早就把自己的命运与共和国的命运紧密相连的作家和画家迸发出了不可遏止的艺术激情，他们自觉地担负起社会主义文化的创造历史责任，不断在祖国的碧野蓝天上绽放出具有独特艺术风格的绚丽之花——这就是"长安画派"也好，"山药蛋派"也好，还是"荷花淀派"也好，这些独领风骚的社会主义文艺现象出现的深层原因。

　　就"长安画派"而言，更是得风气之先，率先在我国画坛上刮起强烈的"西北风"——这来势浩荡的画坛"西北风"，一扫清末以来画坛的摹古不化之风，大胆走向生活，大量写生创作，给当时较为死寂的中国画注入了新的艺术生命，同时，也耸立起社会主义绘画的一个艺术高峰！和五代、宋代以关仝、范宽等为代表的"关、陕画派"在绘画素材与题材的艺术选择方面相同的是，赵望云、石鲁、何海霞、方济众的绘画题材与素材，也是以山水、人物为主，兼及花鸟，作品多描绘西北，特别是陕西地区的自然风光和风土人情为显著特色。不同的是，"长安画派"的画家尤钟情于陕北黄土高原的山山水水和农村的父老乡亲为绘画艺术创作素材与题材——相较而言，"长安画派"比"关、陕画派"更为带有地域特色，而且，还有意识地表现出我国红色文化的内涵与底色，这就在绘画艺术中带上了强烈的时代特征与思想力量——你看，石鲁的《毛主席转战陕北》，不但有力地表现了革命历史题材，而且在绘画艺术上大胆创新，给读者不但深刻的思想教育，也带来了强烈的视觉艺术冲击，升腾起庄严与圣洁的情感。这是"关、陕画派"远远不能与"长安画派"相提并论的，当然，这里面除去时代因素之外，更重要的是画家的创作素养与艺术精神境界的区别。我们不能苛求于古人，但是，我们必须在大胆地吸纳古人的有益的艺术营养的基础上，力争超越古人，"长安画派"的艺术大师们给我们做出了很好的榜样。

进入社会主义新时期以后，我们经历了站起来到富起来再到强起来的伟大历史阶段。在这个伟大的历史阶段，文学艺术的创作道路更加广阔，社会生活更加呈现出前所未有的崭新面貌，为我们提供了生产文学艺术作品很好的历史机遇。在绘画上，如何坚持"长安画派""一手伸向传统，一手伸向生活"的艺术观点，这就需要艺术家继续认真地学习领会习近平文艺思想，始终坚持以人民为中心的创作导向，因为"人民是文艺创作的源头活水"，"人民的需要是文艺存在的根本价值所在"，所以，要"为人民抒写、为人民抒情、为人民抒怀"——纵观"长安画派"的发展历史，正是坚持了这样的绘画艺术创作立场与创作观点，才取得了令人瞩目的巨大艺术成就，引领和激励了一代又一代陕西的绘画艺术家沿着这条道路走下去，出现了刘文西、王西京、王子武、崔振宽、赵振川、王金岭、李世南、王有政、郭全忠、苗重安、徐义生、江文湛等著名画家，他们秉承了"长安画派"的优秀艺术传统，致力于反映大西北和陕西的名山大川的描绘抒写，特别是继续深入陕北这块艺术的"原生态"和深厚的红色文化区域，深入生活，写生和进行绘画创作。刘文西的陕北生活和人物的系列绘画以及王西京笔下的黄河大瀑布，崔振宽的秦岭山水等，沿袭了"长安画派"的艺术观，继承和发展了"长安画派"，又带有自己独特的绘画艺术风格，却将笔墨唱大风，丰富了我国当代绘画史，把"长安画派"推向了新的历史阶段，达到了新的绘画艺术高度。

抱布贸丝

　　章学锋是我 20 多年前的学生，说是学生却未曾给他上过课，但确实是学生。师生关系，在人的印象里类似于鲁迅先生在《从百草园到三味书屋》或者在《藤野先生》里所写的老先生和藤野先生那样，在讲堂上诲人不倦地认真教书，从而教学相长。可是呢，虽然一直从事教育工作，实际上并没有在学校任教，而是从事教育教学研究——那还是在 20 世纪 90 年代中期吧，学锋当时在一所大学读书，非常勤奋又善于思考，而且他的读书与思考的问题显然已经超出了同时代大学生的水平，如果没有很好的解答，这就使他常常陷入困苦的求索之中，也就是说，学锋很早以前就有了"问题意识"。这时，学锋与我开始并持续了很久时间的通信联系，在通信中我们探讨一些文学或者学术上的比较深入的问题。由于这层交往吧，学锋也就一直称我为老师。孟子曰："人之患在好为人师。"看来，我也逃不开这个痼疾，与学锋的师生关系就这样约定下来，并持续到今天。

　　上面说过，学锋很早就有"问题意识"，这确实是很好的学习和做学问的思维方式。"问题意识"是美国学者史华慈先生最早提出来的，其核心是"关切、议题、预设相互关联"——这是他史学思想中一个关键性范畴。为此，史华慈研究我国古代思想史和现代思想史都取得了丰硕的成果，其《古代中国的思想世界》至今是我经常阅读的经典之一。学锋具备了这样的思维方式，使他很快走上了"出乎人预料"的治学道路。

他走的确是"出乎人预料"的治学道路，没有按照常规的治学路径走，没有选择比较容易或者说已经成熟的大众的选题去研究，而是选择了一条十分"偏僻"的途径去研究，这部厚重的 30 多万字的《秦商史话》就是明证。史话这种文体，历来有之，简单来讲就是用比较通俗的读者喜闻乐见的文笔来介绍专门的历史知识，有两个特点：一是严肃的治史态度，必须具有历史唯物主义的观点来研究历史过程和历史现象以及历史事件与人物，做出客观真实的符合历史真实的研究结论；二是文字的优美与通俗，举重若轻地通过简洁有力的笔墨来描绘出自己所要表达的内容。这两者必须结合起来，才能达到史话的文体要求。应该说，这种文体在我国古往今来就很发达。孔夫子"述而不作"，花费了毕生大量的工夫修订鲁国的历史"春秋"。经过他修订的"春秋"几乎是"不刊之论"，而且最大的特点是把自己历史观点和历史思想、历史倾向灌注于文字的叙述之中。这样的历史叙述，对于当时专门的历史学者来讲似乎理解起来比较容易，可是，一般读者往往不得要领。怎么办？这时候，就出现了《公羊传》《谷梁传》《左传》这三部类似"史话"的著作来解释《春秋》，从"义理""思想"和偏重补充"历史"事实诸方面来解释《春秋》，这三部著作无不带有"史话"的色彩。后来，"史话"沿着自己的艺术规律前进，这种文体逐渐变成了"演义"和"史话"。前者，例如《三国演义》就是"史话"《三国志》的。不过，"演义"不仅仅是"阐释"的性质了，为了扩大受众面，在基本尊重历史人物和历史事件、历史现象的基础上，进行一些合理的扩张的典型化的历史艺术描写，清代褚人获的《隋唐演义》就是比较好的"演义"读物。"演义"的文体走向"草根"也就说走向民间，走向群体量大的读者，通俗性比较强。后者"史话"呢，则保持了原有的文体的纯正品质，首先强调的是历史的真实性，在此基础上再进一步诠释历史事实，既保证了学术品位，又文笔轻松活泼，引人入胜，很受读者欢迎。

在20世纪的五六十年代，著名历史学家吴晗先生曾经主编过一套中国历史小丛书，就是采取"史话"这种体裁，其内容以时间为主线，介绍历代的更替和变化，揭示出历史前进的内部原因和外部因素，通过饶有趣味的一个个看起来偶然却实际上是必然发生的历史故事和历史人物的描写，告诉读者，令人兴趣盎然。可以说，我就是最先通过这套历史小丛书，接触和学习我国源远流长的历史。现在，学锋又为大家奉献出研究秦人经商的历史的"史话"，把枯燥的经济现象、经济往来和经济人物以及经济影响，生花妙笔般娓娓叙述出来，至少引逗起我的阅读兴趣，一口气读完了。读完了，仍然觉得余音袅袅，许多的思绪还沉浸在丰富多彩的漫长的秦人经商的历史过程里：过去零星地了解到关中地区，特别是渭河中下游流域的秦商情况，现在，沿着学锋的论述与描写思路，慢慢地归拢起来，然而，这些材料甚至传说，都被他编织在这部很好的著作里面了。由此可见，学锋收集材料的广泛与细致，仅仅在书籍附录里，不完全地罗列出来的参考书就令人眼花缭乱。就史书而言，就有 26 种之多，从《史记》到新近出版的《当代陕西大事辑要（1949—1990）》，均是他阅读的范围；方志类图书达 34 种，专著类 36 种。更让人感动的是，他注重田野调查，亲自寻觅秦商的遗迹，居然有 61 处——且不说读过那么多的参考书籍，就后者而言，花费的时间与心血也令人肃然起敬。

人，要成就一件事情，不经过艰难曲折的追求过程，没有持之以恒的坚强初心，是不可能获取成功的，而且，有时候还不一定就能成功。但是，只要努力了，奋斗了，即使不会成功，却也无憾，毕竟在这个世界上留下了自己的前进的脚印。学锋就有这样的精神，这一点，也令我感到高兴！他的《秦商史话》，每一句话都要有明确的出处和来历，不能不明不白，也不能虚构不能想当然，必须老老实实做案头的资料工作和实地考察工作。也许，当看完几百页书籍或者跑上几百公里路程考察完一处田野遗迹，而在自己的笔下仅仅就是几句话的陈述而已，各种滋味，只有过来人才晓得！全书分为六大部分：第一章初萌芽至最后一章再出发，时空跨度几千年，从半坡交换、商鞅抑商、盐铁会议、丝绸之路、东市西市到市场经济、"一带一路"，林林总总，琳琅满目，学锋把秦商的整个历史与现实有机地结合起来，按照历史的纵向发展和横向的历史时空里的经商故事和历史人物"互文"在一起，具有严肃的学术论述和令人入迷的文学描写。例如，在论述秦商区别于其他商人的地方是具有"儒商"的特点时，学锋论述道："儒商，是秦商和其他兄弟省份商人最大的不同。陕西自古就是文化昌明之地，儒家的义理、心性思想，道家的法制思想以及释家的善念思想，经千百年传播早已在三秦大地上深得人心。到了明清时期，除儒道释三教外，影响陕西人心性的是更加强调天理的关学……在这种文化意识熏陶下成长起来的秦商，他们并不以挣钱为经商的唯一目的，他们心胸中涌动更多的是通过在商业上的打拼，来改变自己甚至家族的命运"——确实如此。渭河流域特别是关中平原是我国古代文明的发祥地之一。我们知道，孔夫子一生的志业是"克己复礼"。那么，这个"礼"是什么呢？这就是"周礼"，也就是陕西的先人西周时代的周公制定的"礼"，这个"礼"，依照孔夫子的话说"郁郁乎文哉"，几乎达到了尽善尽美的地步。这个"礼"的核心就是全面提升人的文化素养，并能按照伦理道德要求规范自己的行为，追求更高的精神境界。为了"复礼"，孔夫子提出了"仁"的儒家学说，企图通过"仁"进而达到"复礼"的目的。在陕西，这种浓郁的传统文化氛围和人的价值学说，早就成为人们的心理结构因素了。特别是北宋的大哲学家张载创立了带有地域特色的新儒家学说——关学，经过明代大儒冯从吾等人的大力提倡一直繁衍到清代，都对陕西的思想文化产生巨大的影响。秦商之所以具有"儒商"的特点，就很能说明这种思想文化影响之深刻之普及。接着，学锋讲述了位置处于今四川省成都市春熙路附近的"四川省图书馆"里的一座至今依然存在的"贲园书库"故事。这座藏书30万卷的"贲园书库"就是陕西省渭南商人严雁峰修建的。他科举考试落第之后，接手父辈经商，成就斐然，却十分关注文化事业，建成此楼，造福社会。还有，明清一直到民国时期，泾河流域的泾阳、三原等地，是天下闻名的物资流散地，主要经营毛皮生意和汇聚交流各地的物产，经商的人家很多。家业最大的当属安吴堡的吴家，在年轻寡妇周滢的经营下，蒸蒸日上，日进斗金。然而，难能可贵的是吴家讲究孝道和诗礼传家，着力培养子弟读书以博取功名，现代大学者吴宓就是其中的代表。秦人经商的深层心理还在于提升自己和家族的文化品位，这是秦商的核心经商意识。

另外，秦商还有一个最大的特点，就是在商业经济过程里的"诚壹"品质。"诚壹"是司马迁在《货殖列传》里提出来的，指的是做生意一是要坚持发挥优势，一心一意做好自己的商品，不断提升商品质量，赢得广大商户的信任和赞誉。这是经商的根本所在。二是为人真诚，实实在在，不欺哄顾客。这两者是秦商得以兴旺发达的关键所在。学锋在论述民国时期西安市的药材生意时，他以五味十字东北口的"藻露堂"为例。"藻露堂"创建于明代晚期的天启二年（1622），比北京的同仁堂还早47年。这家药店至今还在营业，具有旺盛的生命力。其原因是"藻露堂"依托秦巴山脉丰富的中草药资源，他们选材地道、制作精细和疗效显著，得到患者的认可，成为西北家喻户晓的老字号。在这里，他考察到秦腔的老戏《白先生看病》里有这样的戏词："人丹宝丹无极丹，藻露堂的培坤丸"——戏剧艺术家的创作来源于现实生活，这句话由衷地称誉"藻露堂"的药品，应该不是空穴来风的"广告语"吧，而是社会生活真实的反映。这种"诚壹"的品质，对保障商品安全流通的"镖局"来说，尤其重要。秦商之所以能纵横天下，无论城乡均能营运，一个重要的条件就是有"镖局"安全承运货物。学锋钩玄提要，考证出西安在1901年开设的"永庆镖局"，民国初年苗三成开设的"宏泰镖局"，等等，这些镖局对从业人员都有非常严格的要求和纪律规定，任何人不得破例。正是这些商业贸易的各种制约因素共同促进，使得秦商从历史深处走来并能持续生意兴隆。

当然，秦商的发展，还与秦商和其他兄弟商帮互利互生有极大的关系。比如，与山西的晋商和安徽的徽商以及其他地域的商帮都建立起很好的商业关系，特别与晋商更是休戚与共，这在学锋关于山陕会馆章节里有很好的介绍。著名历史学家何炳棣先生的《中国会馆史论》，对我国会馆的兴起、作用以及式微，都有很好的阐述。谈到山陕会馆，更是浓墨重彩地予以论述，对人很有启迪。

《秦商史话》出版后，很受读者的欢迎，我也是爱不释手。其原因是，过去读《史记》，很少认真读《货殖列传》，其实，这是非常精辟的商业经济论，其中的"礼生于有而废于无"道破了人首先要解决吃饭穿衣等问题，只有解决了这些问题才能谈到学习文化知识，才能讲究"礼仪"，这确实是睿智之说。经商就是解决这些问题的重要社会事业，其推动力在于"利"也就是"利润"，所谓"天下熙熙，皆为利来；天下攘攘，皆为利往"就揭示出"抱布贸丝"这个规律。说到秦商，云："关中之地，於天下三分之一，而人众不过什三；然量其富，什居其六。"秦人经商的才能与谋略也是雄甲天下的。特别是当下我国的"一带一路"倡议，陕西居于新的"丝绸之路"的重要位置和交通枢纽，重视和研究秦商历史，从中借鉴宝贵的经验，是十分有益的事情，也是切近现实的好课题。学锋能选择这个"偏僻"而又具有生机的历史研究课题来做和结构出这样一本著作，不但独具学术慧眼，也充分展示了他的文学叙述才华，自有其价值和意义。

从此，开始了我的专业作家生涯

时光真是不饶人，"绿了芭蕉，红了樱桃"，按照大自然的运动规律有条不紊地往前走，没有停歇，甚至也不稍微回头张望过去的历程，就这样公正无私地向前走，一切的一切在时光的面前都显得脆弱不堪……

进入丁酉年，我就到了退休的年龄，正式办理手续则在年底的腊月天。我的生日是腊月初。说真的，就我来说，生活的经历很是简单，简历上几行文字就交代清楚了：读书——教书——教育教学研究。要说得详细一点，高中毕业后，回到农村参加劳动，那年月，也就只有这样的道路可以选择。不久，做了乡村民办教师，后来，赶上了恢复高考，大学毕业后，又继续从事教育教学工作——其实，在我的心底，始终存在着一个梦想，就是做一个专业作家。

几十年来，除去本职工作外，我把全部的业余时间都用来读书和写作，人生的道路基本上围绕着这两条线进行：一条是教育教学研究，一条是文学写作——当然，这两条线有和谐统一的时候，也有矛盾冲突的时候，更多的是相辅相成的平衡状态。也就是说，走进课堂与办公室，就是一个完全的教师，或者教育教学研究者；而进入书房，就是文学写作者。

曾经想，如果有整块的时间来读书和写作，该是多么好的事情啊！然而，本职工作的繁重和年复一年的工作考核，特别是近十几年来担负着几个省级基础教育重大课题研究，使人不敢有丝毫的敷衍工作的念头，遑论其他了。心里想，什么时候能心无旁骛地专门写作呢？

不能说没有这样的机会。从前几年开始，每年到了暑假，我就带了必要的参考书和电脑，来到距离居住的城市几十公里的一处异常优美安静的地方进行写作。这是一所全国仅有的航空方面的专业机构，能进入这个地方进行写作，不能不感谢我的一位十分要好的同学，由于他的邀请与周到的生活安排，我在这里度过了十分愉快的写作时段。可是，在这样的环境里进行写作，只能写写比较简短的文字，而不能完成较长的创作。因为，较长的创作需要潜心的构思之后的漫长的写作过程，显然，在简短的时日里，是确定完不成这个任务的。

一直有这样的心愿，想写一部比较完整的书稿，例如，我几十年来都在做着资料准备的李商隐研究，或者我国古典主流散文史研究，或者写出系列的关于读书和有关生态与田野方面的散文作品——这是我日夜萦回在心头的计划，为此，我不断积蓄有关知识和不断进行必要的笔墨练习。可是，在职的时候，是决然没有这样的机遇的。

然而，真到了我办理退休手续的时际，心里却不由自主地升腾起一股不能自已的心绪：这就是对一直从事的教育教学研究工作的不能断然割舍之情。看着办公室书架上和书桌上堆积如山的有关研究资料和不断邮寄过来的各种新杂志和报纸以及信件，一时间很难清醒地脱身而走，犹如秋天的落叶带给人莫名的失落与惆怅……

人生如流水……

不管你失落也好惆怅也好，总要面对现实，必须经历这个心理大转弯，尽管有丝丝撕裂的疼，然而，必须毅然地转身。转身了，才能看见另外方向的风景，依然美丽，依然令人精神振奋和顿生希望……

从此，我开始了我的专业作家生涯。

附
书生情怀
邢小利

柏峰是作家，也是学者。读了他新出版的散文集《柔软的心灵：我的美丽古典书事》，感觉他这两个身份在这部散文集里体现得最为突出，也恰到好处地融合在一起，相得益彰。作家写文章，文采丰沛，笔致灵动，富于艺术感染力；学者谈书事，古今中外信手拈来，举重若轻，渊博而透彻，极显理性的清明与犀利；两者河融于海，则浪行水上，既汹涌澎湃，又气韵饱满，气势阔大，格调优雅。

柏峰说他这部散文集"在散文的题材和写法上试图糅合历史文化和现实生活"，以"表达一种书生情怀"。以书生情怀写书事文章，而且是"古典书事"，无疑表达了作者对理想的古典境界的渴念和神往，显示出作者浓厚的古典情怀。写书事文章抒书生情怀，作者思接千载，视通万里，但作文的出发点则是现实的生命感触，吴钩看了，栏杆拍遍，目光聚焦的是当下的生活和生命。这就不是无病呻吟的发思古之幽情，也不是吟风弄月的闲谈书事和卖弄学问，而是有着作者深切的当下生活感受和此在生命体验。因之，这本谈古典书事的书，就有了一种在场感，这样的散文也就有了鲜活的生命气息。这也是读这本书让人生发感动而且若有所思的原因之一。《乡居是一种幸福》，写的是陶渊明、白居易和苏东坡这三位不同时代的文人，他们的生命都与乡居有着密切的关系，逃离官场，放下繁华，居于乡间，安于清静，既"善"了其身，也成就了他们独立的人格，实现了精神的自由，也才有了真正不朽的诗和诗人。这样的感怀和识见，显然有着作者生命的体验和对世事人情的深刻体察。

书生情怀也就是读书人情怀、文人情怀，具有这种情怀的人，其生命深受中国传统文化滋养和价值观念陶冶，其价值观是轻功利而重义理，厌烟火而爱烟霞，他所关注的不是一时一地一己之事，而是古往今来天下事，他的人生追求，也不是简单的功利境界，而是道德境界和天地境界。柏峰读书广博，学养深厚，他述写他的"美丽古典书事"，腾移于古今中外，潜跃于经史子集，等闲出入，举重若轻，不炫博而渊博在，不做思想者状却有思想深度在。作者以一种悠闲的姿态漫步书林，领悟往圣先哲之绝响，品评诗人学者之行状，抉其幽微，发其大道，灿若星辰的唐代诗人，以书为生的学者黄侃，布衣孙犁，在林间小路上思索人类如何诗意栖居的海德格尔，都在一种灵动的文字中获得了鲜活的生命，在给人以美的感受的同时给人以心灵的冲撞。柏峰是一个写散文的好手，书和读书人这样略嫌夫子气重的对象，被他描述得极有滋味，不仅如此，长安、周原、旧景、古书、黄昏、古琴、风、花、雪、月，这些和读书环境与读书情绪密切相关的客体，也在他的文字中化作了作者主体的生命和精神，似乎也氤氲着一种浓郁的书香。

　　由秋入冬的夜里，我断断续续读完柏峰这些散发着浓浓书卷气的文字，脑海里渐渐出现了一个新的清晰的柏峰形象：一位眺望着旧时岁月的渭河平原的行吟诗人，一个生活于现代的关中大地的纯儒。读书对书生来说，是生命的自然状态和本真状态，读书读出自己的文化个性和精神世界，更是一种高远的境界。古人云，闭门即是深山，读书随处净土。柏峰者，当世一闭门读书但心怀世界的高人也。

　　　　　　　　　　　　——原刊 2009 年 3 月 16 日《中华读书报》

后　记

收录在这个书稿里的篇什，主要是我 2017 年至现在所写关于古典文化及文艺现象的随笔和散文，绝大部分在《光明日报》《陕西日报》《延河杂志》《西安晚报》《中国文化报》《文学报》等报刊发表过，其中有篇章入选中国作协创研部主编的《2018 年中国散文精选》和其他散文年选——大约是这样的现象：冥冥中形成了一个有趣的情况，往往是初春时分，选取一个风和日丽的早晨，我就会静静地坐在书桌前，检点整理近三四年写作的文字，汇编一集。更有意思的是，这些文字竟然大致依属比较相近的主题，可以约略看出我的思想与审美追求，前面已经问世的和现在的文字就可以说明这些属于自己的写作"景致"——也许，在表现的过程里，与已经在人们的文学观念里早就形成的文体属性有些区别，但是，在我看来，这就是我的"写法"而已，也是我的关于文体的"探索"——或许，这只是独造的文字"景观"，放胆出来，"求其友声"，这"求声"的前提是"嘤其鸣矣"……

邢小利先生几年前写的介绍我的文字，深得我心，知他不会怪罪于我，便置于本书稿的"结穴"之处，以壮"声威"，在这里先感谢了！也感谢为本书出版的鱼丽（鲍广丽）老师，这似乎源于《诗经》的名字，具有诗意的美好。

如果读者诸君觉得不尽意，那么，下一部书稿将会是山的奇绝与水的迤逦……

二〇一九年初春于

秦岭北麓